U0134426

最糟也最棒的書店

最低で最高の本屋

松浦彌太郎
Yataro Matsuura

序

有一本書叫《不上班地生活》[1]（晶文社刊，一九八一年），作者是Raymond Mungo，寫的是關於他在西雅圖開了一間小書店的故事。背景是七十年代初，嬉皮文化植根於年輕人心中，他們的思想、行爲和精力，都充滿著著衝動和自由。當時，在社會中浮沉的我，愈看便愈憧憬美國這個遙遠國度的廣闊與自由。《不上班地生活》這本書的書名是多麼的簡潔而富有吸引力。只要用心思考便不難明白，不上班地生活，並不代表不工作，兩者之間存在很大的差異。我咀嚼著書名，心中燃起了一團火。「原來有不用上班的生活方式……」現在，這團火仍在我的心中不滅。

我們所接受的教育就是比分數，於不擅長的領域還是要用功，經常被推著背前進。然後這前面只有一條路，就是在所謂的一流企業裡永久就業，即父母常說：「你

1 \ 英文原著是 *Cosmic Profit: How to Make Money Without Doing Time* (Raymond Mungo, 1980)

將來一定要進去大公司工作。」人們都認爲，這便是最好的前途，是通往幸福的道路。但是，能夠獲得幸福的方法，應該有很多，若只從世俗的角度去看，選擇就變得很少了，那是只有跨過了學歷跳欄的人，才擁有的進路。上頂尖的大學，獲得優良的成績，進一流的企業，得到高級的頭銜，只有這樣才可以挺起胸膛，過著他人認爲正確而成功的人生。然而，事實眞的是這樣嗎？

我一定要跟從這些僅有的預設道路，才能變得幸福嗎？如果有些人，不能從中找到適合自己的道路，或者根本沒有選擇的權利，那他們應該怎麼辦呢？倘若我跟著預設的道路前進，就一定能夠得到幸福嗎？我愈看清楚現在的社會狀況，便愈感到疑惑和不安。

就像我開篇提及的書給予我那點希望之光一樣，我期盼藉著這本書能夠給各位帶來勇氣和啟發，或像是一抹清風，滲人心扉。上班並沒有錯誤，我只希望大家明白，選擇不上班，用自己的能力創造新的道路，不是不可能，也不是甚麼錯誤。最近，我聽到很多人說，現在的年輕人都放棄了未來，那是因爲現在這個社會的生存方式，只有不斷妥協。我不願相信這種說法，也不希望年輕人只有「放棄」這個選擇。

不上班地生活，這方法究竟是甚麼呢？就是絕不放棄地找出自己最擅長的領域，也找著做甚麼事情能夠造福人群，同時也令自己快樂。不是要自己成爲第一名，而是找到自己唯一想做的事就好。這裡面有各式各樣的道路，那條路可能很長、很痛苦，生活可能會變得艱辛，但一天之中，一定會有一刻令你覺得幸福，這個選擇就是正確的。只有你才做得到，他人無法取代你的瞬間，一定會來臨。倘若你一定要上班，也不要失去這個信念。今日你覺得辛苦的事，一定有辦法跨越，就算現在不能立即擺脫，總有一天會找到方法。

不上班絕對不是一件壞事，並不代表你甚麼也不做、不認眞或者失去作爲人的資格。只要每日都在努力一步步地讓自己變得幸福，我認爲無論如何都是可取的生活方式。每一個人都會有自己的顧慮，面前的道路也有很多，每一條都各有好處，可以從中作出選擇。如果沒有你想要的，可以重新創造，失敗了可以從頭來過，也可以隨時停下腳步來作檢討，有需要時便返回原點，這全是個人的自由。

這一本並不是實用書，而是讓大家認清每日的生活方式、思考方法、目光角度，以及心中最珍貴的東西，然後運用到工作和生活上。我希望這本書能稍爲幫助大家擴闊視野，爲各位打氣。

目次

「自由」是甚麼？

撰寫與創造

甚麼是「最糟也最棒」？

標準與創新

GO！地圖是自己走出來的

「m&co.」之初始

甚麼是真實？

我從來沒有想過，自己會像現在這樣，從事與書有關的工作。

我從高中便輟學，去美國闖蕩。那時我很迷惘，不知道應該做些甚麼才好。在二十五歲之前，經常來回美國和日本之間。也許到了現在，我還不知道答案。

輟學的理由，如果沒有回到當時的心境，就很難說個清楚吧。但有一點可以肯定的是，當時我無法融入周遭的環境，上學讓我愈來愈找不到自己。絕對不是因為早上起床很麻煩、抑或沒有玩樂時間之類的理由。

我從小就是這樣，每當努力去做一件事，剛開始時挺順利的，但途中一定會碰壁，就像公式般，事情進展到一半，必定會出現障礙，令我不能持續。因爲沒有足夠的力量去跨越，或者去打破那堵高牆，很容易便受到挫折。現在回想起來，雖說甚麼也已改變不了，但當時的我就是因爲不懂得跨越牆壁的方法，於是選擇逃避。我輟學的時候也在想：「看，又來了。」

我從小就在思考：「究竟甚麼是『真』？」不斷尋找日常中「真實的事物」，以及爲甚麼那是眞的？爲甚麼我們必須要這樣做？……我抱持很多疑問，內心比其他人敏感一倍，求眞的心情比任何人都要強烈。

因爲性格使然吧，我開始覺得，在學校裡面，沒有「眞正」的答案，荒謬的事情太多了。大家明明都不清楚爲甚麼一定要上學，可是仍然選擇違背自己的眞實感覺，繼續去上學。面對這個境況，我認爲——此地不宜久留。遇到想不通的事情，我試過向老師提問，但誰都不肯告訴我甚麼是「眞正的事實」。我單純地覺得有些甚麼令我的視野變得狹窄了。大概就是他們如此的表現使我正當化了輟學這件事。

高中二年級輟學以後，每天一早，我便出門到公園、圖書館或者電影院等地方。因爲我不想被人認爲我只蹲在家裡甚麼也不做。那些日子，我每天說：「我出門了。」然後便跑到街上去，盡量不花費分毫。

雖然我沒有特別想做的事，但既然休學了，就得要想辦法自立；而要自立，便一定得要有工作。中途輟學的我，沒有選擇工種的資格，願意聘請我的，只有建築地盤工之類的粗活。最初我在拆卸公司兼職，就是專門拆除房屋的勞工。工作具危險性，要用大鐵鎚砸破牆身，弄得滿身是汗，總是髒兮兮的，但我卻幹得開懷舒坦，全身就像一團火拚勁賣力工作。

當時的日薪，是四千円。沒有兼職時，便盡情玩樂。雖然與學校的朋友漸漸疏遠了，但往外跑，在街上開始認識到很多新朋友。當時我的友人全部都是二十歲以上的，去到哪裡，我都是最年輕的一個，做了很多蠢事，生活得一團糟。例如，突然會跟一大夥人駕車去海邊，又或者跟女生夜遊。那時爲了生計，我拚了勁打工，沒有經歷過一般少年人所謂的「青春」。

曾有過很多不愉快的經歷，因爲活在社會的低層，日子過得很苦，感覺就像是舔著地面往上看。兼職時，由於工作身分卑微，經常感受到旁人鄙視的目光，也被別人刻意疏離。

我不知道現在還是不是這個狀況了，那個時候的每個早上，我都會去到高田馬場鐵路旁的公園找工作，那叫作「炒散」吧，只要你到那裡集合，就會有人帶你到建築地盤去打散工，以日薪計算。在那裡，十來歲的人就只有我一個，其他都是成年人，他們當中有些本身連戶籍也沒有，又或是移工，不是本地人。那是我從未接觸過的世界，雖然過得非常辛苦，但從中得到不少人生第一次的體會。例如以前我從沒窺視過社會最底層的人如何幹活，這些經歷磨練了我的心志，大概就是從那個時候開始，我對於需要服從於團體或向權力屈服，變得非常抗拒，而這種反叛的個性，一直持續至今仍如是。

關於閱讀和對美國的看法

我本來就喜歡閱讀，兒時最大的興趣就是看書。我喜歡高村光太郎[1]的詩集、亨利・米勒（Henry Miller）的《北回歸線》（*Tropic of Cancer*, 1934）[2]，還有傑克・凱魯亞克（Jack Kerouac）[3]的《路上》（*On the Road*, 1957）。從這三本書伸延開去，又接觸到更多的作家和作品。

中學時期，開始讀高村光太郎的詩集，直至現在，他的詩作仍然是我的信念所在，讓我認識到甚麼是「眞實」，他的書是我的至寶。至於 Henry Miller 和 Jack Kerouac，他們寫的書都關於「自由」，一邊旅行、一邊感受人生的生活方式，對我來說，充滿魅力。「嘩，這就是自由！」我十分驚嘆，被那個天空海闊深深吸引著，那裡有超越於日本的狹窄視野。這兩位作者，都像是我的偶像般的存在。

在那段打工兼職的日子，我不知道自己所爲何事，也不知道要持續這種生活到何時，感到很

1／日本近代詩人（一八八三―一九五六年）

2／美國作家（一八九一―一九八〇年），《北回歸線》是其第一本自傳體長篇小說。

3／美國小說家、作家、藝術家與詩人（一九二二―一九六九年），「Beat Generation」代表作家之一。

鬱悶，只知道一定要想方設法去改變現狀，找到方向後便重新出發，但我還不知道該怎麼去做，結果一事無成。我不想一直待在家裡，覺得這樣子會給父母添麻煩。

我反覆思索，突然心生一念——跑到國外去吧，我別無選擇。從《POPEYE》雜誌看到美國的風景，讀過Jack Kerouac筆下描繪的美國，讓我覺得那裡充滿希望。我決心要走一趟。我發現從很久以前，我讀的書裡面就有美國了，並不是突然間才想去，而是潛移默化，累積了一直想去的念頭，最終得以成行。我終於從做兼職工的日子找到了要去美國的目標，爲了達成願望，我更努力工作。在速遞公司的貨運中心打工三個月，儲了五十萬円，雖然體力透支，但是要去美國的決心支撐著我，令我堅持下去。

出發當天，我內心緊張不已，但沒半點兒退縮，甚至冒出了「絕對不要回到日本來」的想法。我終於能夠逃離這裡了！不過，儘管懷著能夠在美國發現甚麼的期待和嚮往，但並不代表我已經知道自己到那裡之後想做的事。

目的地是三藩市。從一開始，我就決定要到西岸去，因爲從《POPEYE》上看到過的美國，就是在西岸。那時候，我好像是向父母胡謅自己在那邊可以免費入讀語言學校，還有可以在當地的日本餐廳做兼職之類的，以此來說服父母准許我去美國。

到三藩市去

這是我第一次出國，我緊握著地圖闖進美國。剛到達三藩市機場時，總覺得那裡的人看上去都是壞人呢！我本打算立刻到市中心的，不料上錯了巴士，糊裡糊塗地去了奧克蘭！我完全沒想過要去那裡，一坐上巴士，已覺得有點不對勁了，車上坐滿了黑人，但因爲我不會英語，不懂問人，沒辦法中途折返，於是就這樣去到奧克蘭了。

在奧克蘭下了車，我試著問途人：「這裡，是三藩市嗎？」那人答：「都可算是三藩市，但正確來說，這裡是奧克蘭哦。」洛杉磯的奧克蘭有美國國家美式足球聯盟（NFL, Las Vegas Raiders），而柏克萊旁邊的奧克蘭，是個黑人區。

由於我不懂說英語，當下甚麼也做不了的，只好先找個合適的酒店住下來吧。那晚的住宿費大約五十美元，現在回想起來，眞夠昂貴的！是遭到詐騙了吧？可是那個時候我沒能力去討價還價，又沒有露宿的勇氣，總之那一晚就在那裡住下了。當晚，我在酒店仔細研究地圖，發現自己果眞是去錯了地方。翌日，便立卽乘上巴士，回到三藩市的市中心。可是，到了市中心，又發現那裡和我想像中的三藩市不一樣，這也難怪，因爲我在《POPEYE》上看到的，是踩著滾軸溜冰鞋、在 Santa Monica 沙灘飛馳的女生！

我在市中心到處探索，找尋住宿，最後找著一間招牌很破舊的酒店。

每日都無所事事，因爲寂寞，便去日本街結識朋友。如果人在日本，我應該不會這樣子外出去交朋友吧，但在這裡，我意外地自己能夠這樣子交朋結友。雖然一開始時感到有點不自在，但大概是因爲太寂寞了吧，所以也就將就了，可能對方也是這樣想。時間待久了，我們之間也漸漸培養出友情來，我總算在美國有朋友了。

雖然身上有點錢，並不急於立刻找工作，但我也在當地的搬屋公司之類做了不少苦力。努力地適應美國的生活，繃緊的神經慢慢地得以放鬆下來。因爲一直住酒店花費龐大，後來我索性住進當地認識的女生家中。與在日本的時候相比，美國的生活沒有讓我感到太貧窮，因爲周遭很多都是窮人呢，所以就算自己身無分文，也不太感到羞恥。反而有錢人通常都是壞人呢！

在美國的生活十分舒坦，遇見的事物都是新鮮的，大家對別人都很接納和包容，三個月左右，我就完全習慣下來了。我幾乎甚麼都不多想，每日都在遊玩，意外地發現自己對新環境的適應力蠻強的，不過英語就眞的很爛了，只是勉強夠溝通，完整句子都說不上來。

過了大約八個月，我返回日本去。其實我眞的很喜歡美國呢，沒想過要回去，只是因爲蛀牙惡化了，腫得相當厲害。人就是如此，當身體虛弱，就會變得畏首畏尾，於是只好回到日本去。

去到哪裡都是最年輕的

回到日本後，我覺得自己晉身成爲所謂的「海歸」人士，覺得同年紀的人都像是一群孩子。在美國時，人生路不熟，吃盡了苦頭，回到日本，則沒有了焦慮感，卻覺得非常沉悶，所以又想著再去美國。然而，當時沒有廉價機票，只好從頭開始再做兼職儲錢。就是這樣子，我之後再去了幾趟美國，沒有特別的目的，每次都像是去探望朋友一樣，想去就起程去了。

在美國這片陌生的土地所累積的生活經驗，莫名地幫我建立了個人自信，也帶給了我自立的契機。比起計劃將來，我更重視如何過著當下的生活，只要開心就好，這是我在美國學習到的活著方式，可能如此想法很半吊子吧，但日子過得愜意，覺得終於能掌控自己的人生。

雖然對於自己輟學的事情感到自卑，但我本身看過很多書本，自覺擁有的知識比年長的人更多。那段在美國的日子，我學會了不少新事物，例如時尚潮流和次文化之類，這些我在日本的時候也已略知一二。想當年，一直以來都被人瞧不起的，而當我掌握了其他人不知道的東西，譬如在美國生活的竅門，便覺得自己反過來可以把人看扁，頓時減輕了不少自卑感。回想起來，我眞是年少無知。

在我十八、九歲的時候，經常與二十多歲的人來往，去到哪裡都是最年輕的。由於朋友最少也比我大十年以上，每當提及實際的年齡時，他們都會吃一驚。慶幸的是，那些比我年長的朋友大多都對我照顧有加，我也頗願意聽從他們的教導。猶如一種子女對父母的精神依賴吧，我將這種情感投射到那些年長的朋友身上。他們教會我餐桌的禮儀、待人接物的態度、社會處世的常識，何謂優、何謂劣，無論是遊玩、飲食、住宿，一切大小事情，從他們身上我得到了最棒的體驗，見識到我從未踏足過的世界。

那時候正值日本泡沫經濟時期[1]，而我認識的人沒有一個是品行差劣的，都是一流的人。兼職時很照顧我的G先生，當時四十歲，我跟他學習出入口實務工作，獲益良多。然而，日子久了，我卻變得自負起來，認爲從這個人身上已經沒有甚麼再能學習了，便辭去工作，與之斷絕來往。現在回想起來，被年輕人覺得自己已再無可取之處，不論誰也會受到傷害吧，我非常後悔，他明明是親力親爲地教懂了我很多東西的恩師。當我後來愈累積了更多的人生經驗，便愈覺得那個時

1／指日本在一九八六－一九九一年間出現的經濟高速發展期，這次經濟浪潮受到了大量投機活動的支撐，而隨著一九九〇年代初泡沫爆破，日本經濟出現大倒退，進入經濟大蕭條時期。

候的我實在是太過年輕狂妄了，對自己的能力自視過高。之後，我一直沒有機會再與他見面，但心裡面一直很想爲那個時候的自己作出道歉。直到現在，我還是感到愧疚。雖然已經是二十年前的事了，至今我還是很尊敬 G 先生，希望有朝一日，再拜訪他，親自作出道謝。

「m&co.」成立之前

跟G先生分別之後，我再去了美國，這次的目的地是紐約。那個時候，我對古董雜貨和室內擺設感到興趣，希望可以從外國引入這類貨品到日本。說到設計和室內裝潢，紐約是首屈一指的，所以我決定前往紐約。

跟去三藩市的時候不一樣，這次出國一半原因是出差。那時，剛好有間洋服店計劃引入雜貨，我便參與了籌備工作。除此之外，我還把一些商品目錄寄到日本的室內裝飾進出口公司。既然來到紐約，我希望自己的能力能夠好好發揮，所以也為前來這裡的日本人作嚮導。但因為我沒有工作簽證，每三個月便要回國一次。

那時候我究竟在幹甚麼呢？現在回想起來，我對自己的潮流觸覺和審美眼光滿有自信的，當我想深入認識某個範疇，就會刨根問底，這是我的性格，我發現自己在書店裡很快便能夠找著自己想看的書，其實我本身就很擅長替人家「找東西」，直至現在我也認為這是自己的一大長處。

雖說如此，這也不算是正當的工作，生活都是過一天算一天的。這個情況跟我在三藩市的時候沒有很大改變，對工作的熱誠也不怎麼強烈，沒有想到要追求甚麼「工作與生活上的平衡」，而是「遊玩至上」，怎樣才可以不用工作、整天遊玩呢？那時我滿腦子只有這個。因爲還年輕，不追求安定生活，得過且過就好。再者，日本正值泡沫經濟時期，好像隨便做些甚麼都能賺個錢，也愈來愈多人把錢花在閒暇與興趣上。「我找到這個，你認爲如何？」只要這麼說，立刻就會有人向你買下，因爲那個時候吹著一股二手服飾和古董風潮，只要通知日本那邊的洋服店說我在紐約找到些甚麼好東西，他們就會用現金幫我買下來。所以，當時賺取生活費並不是怎麼艱難的事情，那是一個奇怪的年代。

「m&co.」的出現就在這個時候[1]。因爲我需要以公司的名義開發票，所以就開設了這家公司。而用上這個名稱嘛，話說在紐約有一家至今仍在的設計公司，名字就叫「m&co.」，我有個朋友在那裡工作，而我的姓氏「松浦」的英文拼音的第一個字母就是M[2]，於是我想，就讓我成爲日本的「m&co.」吧，便取了這個名字。

那個時候，我還沒有開始經營有關書籍買賣的業務。我本身很喜歡書，常逛二手書店，即使

1／一九九二年
2／Matsuura Yataro

英語不靈光，都可以從早到晚整天待在書店裡，從中發掘自己從未見識過的東西。

而當生活經濟較有餘裕時，我開始對攝影產生興趣，便去參加一些工作坊，或到美術館和畫廊去看原版的印刷照片、新聞和時裝照片攝影展，看過不計其數的作品。我到訪各式的二手書店，翻看美術畫冊，逐漸熟悉了相關的行情。例如，我知道哪家書店有賣哪本美術畫冊、而且賣多少售價，又或者這間店賣五十美元，另一間則三百美元，我都瞭如指掌。

我的事業就是這樣展開了。雖說手頭上的資金開始充裕，但其實也並沒有賺太多。我購入那種收錄了珍貴圖片的書冊，自己看膩了，便賣出去，然後再用賺到的收入買來其他書本。用五十美元買入的書，以一百美元賣出，遇上有客人投訴售價太高的話，只要跟他說另一家店正在賣三百美元，客人便會立刻會妥協呢！「m&co.」開始時，就是在紐約街頭以找尋和販賣美術畫冊爲主。

在紐約街頭賣書，大家可能覺得我是做著一種看來較少見又特別的業務，但其實從事類似工作的人，在紐約比比皆是，我只是有樣學樣罷了。那個時候，我其實仍有那種面貼在地仰望他人、自己身分卑微的感覺。我就只是爲了可以買到一本喜歡的書、爲了明天能吃上一頓飯，而努力工作，不過也因爲這樣，即便覺得自己身處底層，還是讓自己盡力做好眼前想做的事就好。

當我帶著幾本自己喜歡的書回到日本，給年長的朋友看時，大家都驚呆了！都說只要我找到這類書帶回來，他們全部都會買下，我聽著覺得相當得意，他們還即場給我現金，讓我有資本再去搜羅更多書籍。我的顧客裡面有一流的平面設計師、攝影師和美術總監。我不太清楚當時日本二手書店的價格是怎樣釐定，但客人們都說我賣的是最便宜的，那是事實。當然好書能夠抬高定價是理所當然的，但只要肯花時間尋找，總可以爲客人提供更相宜的選擇。那個時候，我斷定自己的看家本領就是搜刮好書，在紐約和三藩市到哪裡可以找獲甚麼，全部都在我的掌握之內。於是，我認爲自己可以利用這個技能去開創事業，這就是我經營書籍業務的開始。以往一直烏雲密布的前景，變得豁然開朗了。

「m&co.」之路上

想到了就去做

那是一個還沒有互聯網的時代，我也沒有實體的店面，如何經營書籍買賣呢？我決定坐言起行，想到了甚麼就去做吧。就算說出來讓人覺得是無聊的事，也本著「失敗乃成功之母」的想法，盡量付諸實行。

最初我使用「電話戰術」，每日邊揭著媒體及廣告界專用的黃頁電話簿，邊撥號直接聯絡設計師、美術總監、攝影師等專業人士。另一招是「郵遞戰術」，每一封信都用圓珠筆親自書寫，不過我認爲那些信件大都給助理截下了，都沒有成功送達收件者本人手中，這個戰術一百次之中會有一次命中吧。也試過製作商品目錄。總之試了很多方法，即便是微小的事，只要想得出來，我都去做。基於我認爲自己較別人擅長的，就是對書本的知識，所以我卯足了全力去做。我也去圖書館閱讀時裝雜誌，自行對某個品牌作出分析，認爲他們應該會對五〇年代的設計有興趣，便給他們打電話作推介。這個戰術也成爲了契機，讓我認識到直至現在仍有來往的朋友，當中有人更給我介紹其他客戶。

現在回想起來，我做過很多愚蠢又失禮的事情呢！我嘗試過很多方法，看上去好像很有成果，但又好像每一件事都做得不夠好，不過最重要的，還是當初我有鼓起勇氣去做。慶幸那時候我都樂在其中，想著如何給對方驚喜。例如，我會通知客人，說會給他寄出一些樣本，而出乎意料地，他突然收到十了多箱書籍，查看裡頭，又發現全部都是對他很有用的書本，給嚇了一跳，最後更全部都買下了。這種事我現在已不可能再做到了，但就是因爲我曾經有這麼做，才能夠跟客人有了來往。

除此以外，我也試過在原宿 Cat Street 街頭席地售賣二手雜誌，也試過在跳蚤市場擺攤。所謂的「二手雜誌」，其實就是在美國買來、每本五美元的一九五四、五五、五六年版的《Life》雜誌，把裡面的廣告頁切割下來、以膠袋套著來賣。那三年，美國的經濟發展蓬勃，雜誌上刊有大量廣告，一本大約有三十頁，我用剡刀把廣告頁切下來，用厚身的紙板墊托，然後放入透明膠袋，每份賣五百円，三十頁的廣告就能賣到一萬五千円。《Life》當時在日本雜貨鋪每本的售價是二千円，從美國郵購一本回來的話，單是郵費就要一千円。

某日，我如常在 Cat Street 擺檔，一個梳著飛機頭、身穿五〇年代服飾的男子走過來，把我的切頁幾乎全部都買下了。後來我才知道，那位男子就是「Pink Dragon」時裝店的山崎眞行先生[1]，我很榮幸，他還向我訂購了更多的切頁。就是這樣，我開始販賣《Life》廣告切頁的業務，就連「Parco」雜貨店也有跟我買。這個生意維持了一段時間，賺到錢之後，我又再去美國，爲客戶從當地代購貨品，當然沒有被委託的東西我也買了不少回來。如此這般，美國、日本兩地走，不過實際上最終有沒有賺到錢？我其實也不太清楚呢。

光靠書刊買賣，收入始終不穩定，所以我還是有到建築地盤去做苦工。一星期裡，三日賣書，四日打工，完全沒有放假，不過對我來說，賣書那三天也算是休息的日子。那時候，我的目標就是盡快脫離打工生涯，能夠專注賣書。其實當時單靠著賣書我也是足夠維生的，只不過兩方面一起做的話，就更能確保不用拮据過活，這也是周遭的大人提點我有關生活就是這回事。

我對自己的選書眼光滿有自信的，絕不想爲了糊口而低聲下氣或勉強游說別人來買書，一旦這樣做，就會令書本的價值下降，我覺得賣書要賣得有尊嚴，要做就得挺起胸膛來做。如此心態下，爲了平衡生計，繼續打工還是有必要的。

其實比起做買賣生意，我更希望藉著書本能夠與別人互動、交流、溝通，一起度過快樂的時光，由此邂逅不同的人。總之，我不想盲目只爲著收入而隨隨便便地去賣書。

學習與溝通

以前的我，一直背負著自己身分卑微的想法，因爲身邊認識的人全部都擁有學歷。不過，對於自己有著跟別人不一樣的經歷，就是那種所謂「美國的生存之道」，我感到快樂也自豪，我覺得自己的思想與行爲更接近美國人。也許是爲了抵銷那份卑劣感吧，對於別人不知道的事情，我會更加努力地去了解，以增進更多知識。

對於設計史和美術史，因爲我在紐約看過很多相關書籍和資料，自問有頗深的認識。有名的攝影師至今在雜誌刊登過怎樣的照片？哪本雜誌是由哪位美術總監負責之類的資訊？我都瞭如指掌。我從雜誌和書本上吸收了這些知識，也從紐約書店中的雜誌達人們身上獲益良多。

我追溯至今在日本看過的海報、平面設計和廣告創意的來源，想到僅有一小撮人能夠接觸到這些來自美國的原材料，就是連我自己也還有很多尚未見識的東西，換著是一般人，便更加無從得知。於是，我想建立一項事業，專門把這些資訊傳遞出去。加上，未知的領域充滿刺激，我也可以更加深入了解。

剛開始對攝影產生興趣時，曾經希望把攝影作爲我的事業，不過這個念頭很快便打消了，因爲當我愈認識攝影，便愈覺得這門學問的限制。我認爲在六〇年代基本的拍攝表現手法都已經用過了，彷彿之後所有的所謂新嘗試都只是模仿前人而已，要再做出原創性似乎難如登天。不過現在回想起來，這個想法大錯特錯。

此外，比起廣告照片，我更加想拍攝名爲「social landscape」、即是描繪社會景觀的照片，可是我卻做不到把鏡頭指向一般平民，因爲怕他們會擺出不情願的樣子，我也可能會被責罵，甚至有人會因此而受到傷害，這樣的照片我拍不出來。既然如此，我便把關於攝影的好處和優點，透過書籍來傳達吧。

常常對新事物作研究和學習，我都是從一個小小的契機或好奇心開始的。以我當時的年紀來說，我對自己擁有多方面的知識感到自信，看待事物，只要稍爲改變觀點與角度，就能發掘未知的世界。

不斷開拓知識的新領域，我樂在其中。在美術、設計和音樂等看似平行線的範疇，又會在某處交匯，然後我的興趣範圍便跨越界別，像漣漪般擴散開去。如此這般，不斷吸收新知識，慢慢構成自己的人生觀。當你接觸的知識愈廣闊，在感興趣與不感興趣的範疇裡，都會愈清晰自己的喜惡，形成獨特的審美觀，逐步建立更全面的自我。

與他人分享，又能更進一步拓展自己的知識。有一段時間，我經常接觸到一流的美術總監、攝影師和設計師，從他們身上獲得很多新刺激，令我更想探索新事物，這相輔相成的效果，助我更進一步開拓眼界。

回想過去，我把自己關在殼裡面，抗拒與人溝通，不懂得去討人歡喜，挫敗感令我自覺不被需要而氣餒。當時我還年輕，裝作若無其事，其實自輟學以後，我曾自暴自棄。所以，我很高興自己後來能夠從攝影和二手書獲得知識，開始買賣書籍，從而將相關資訊傳遞給別人，我首次感到自己的人生是有用的。能夠幫助他人，我便更加倍努力，這成爲了工作的原動力。我希望自己被選上，成爲被需要的人，找到自己的存在價值。這是第一次被戀愛對象以外的人需要，而爲我帶來莫大的欣喜。

直至現在，我仍然希望自己的工作能夠爲他人帶來所用，當然我的付出是要收費的，但最令我開心的，還是能夠成爲有用的人。我曾認爲自己沒有存在價值，然而如今有人說需要我，我感到特別的高興。書本給予我實在太多東西，認識到我未知的領域時讓我高興、尋覓到我想要的東西時讓我喜悅，而能夠將這些知識傳遞出去時讓我自豪，令我感到人生非常充實。

開設第一家書店

在開始書籍買賣不久之後，我在赤坂「Huckleberry」的一角，以每月支付少許租桌費的形式，以此接觸更多不同的客戶，這就是第一家書店「m&co.」的誕生[1]。

在開實體店之前，與其說是賣書，我更像是提供資訊的中介人。以前在路上擺賣時所接觸到的，不是特定的客人，又或者都是美術與設計界的專業人士。我希望自己能夠建立一個正式的平台，與一般大眾讀者溝通。老實說，我已經厭倦攜著重甸甸的貨品到處走動的日子，也不想再在路邊擺賣，希望可以眞正地擁有一處屬於自己的地方，站在一個名爲「書店」的舞台上。

開業前，我收到《BRUTUS》雜誌的岡本先生的一通電話，他收到消息，知道我打算要開店，有意採訪我的故事。那時我住在橫濱市，書籍存貨都放在家中，我家離車站很遠，於是我畫了一張地圖傳眞給岡本先生。當時我沒有名氣，懷疑他是否眞的會前來？心想怎麼會有人在炎炎夏日，

1／一九九四年

特地去到偏遠的地方，去造訪還沒有開店的人呢？怎料，這位《Relax》現任[2]總編輯岡本仁先生，當時眞的按照約定到來了。那一次跟他會面對我來說極具意義，時至今日，我和他已是老朋友了，打從第一次見面起，我便對親自來採訪我的岡本先生深感敬佩。

岡本先生看到我家中的書籍庫存，表示很喜歡，說全部都想要。兩個月之後，我的專訪在《BRUTUS》卷首刊登，受惠於那次採訪，書店在開業之前便已獲得不俗的評價，接獲很多人查詢，正式開業時還有人前來排隊呢。由於當時很少店舖會引入懷舊雜誌、西洋書籍和美術畫冊，人們都覺得很新鮮。之後，我相繼又接受了不同雜誌的採訪，也因爲我非常拚勁，書店吸引了更多人前來。

在赤坂經營書店期間，我最大的收穫，就是遇到很多直至現在仍有聯繫的朋友。「Pizzicato Five」的小西康陽先生[3]、「Fantastic Plastic Machine」的田中知之先生[4]，還有以岡本先生爲首的廣告媒體業界人士。由於「Huckleberry」曾舉辦廚藝和服裝顧問的個展，從而又讓我認

2／二〇〇三年
3／日本澀谷系音樂靈魂人物
4／日本前衛的DJ界代表，聞名日本及歐美樂壇。

識了長尾智子小姐、福田理香小姐、佐佐木美穗小姐和岡尾美代子小姐等。他們都是我珍而重之的朋友，認識到各個界別的人士，讓我的世界變得更廣闊了。

一直以來，我都與年紀比我大的人為伍，所以鮮有跟別人合夥做些甚麼的想法。而在赤坂認識的人，來自不同的專業領域，年紀又相近，於是便有了合辦活動、合作印刷免費特刊的機會。跟田中先生首次相遇的地點，是在中目黑一間名為「Morning Kitchen」的俱樂部，後來我們在那裡合辦了「Slide VJ」活動，那是一個把我們精選的照片複印、用投影機播放的觀賞節目，結果獲得一致好評，後來還在日本其他地區巡迴舉行。

小西先生和「ESCALATOR RECORDS」的音樂人也有參與那次活動。記得當時小西先生跟我說：「就像DJ創造音樂般，松浦先生也創造書籍吧。一直以來都是音樂人在做音樂，現在DJ也以自己的感性去建構音樂。松浦先生擅長把美麗的圖像傳達給更多人觀賞，也嘗試創造些甚麼吧。」就是這一席話，令我起了寫作的念頭。

我第一次寫文章，就是在赤坂經營書店的時候。最初，是在《BRUTUS》寫有關神保町二手書店「東京泰文社」結業的事，之後陸續接獲各種邀稿。當時只要有提出，我就會全力以赴，幾乎答應了所有約稿，盡全力回應那些委託我寫作的人。

當時的日子就好像祭典般熱鬧。在此之前，我還以為自己在日本已沒有容身之處，但在赤坂邂逅了不同的人，讓我找到持續可做的事情及自己的存在價值。那時，我也有繼續去美國，跟認識的朋友見面，感到相當高興。而由於經歷了赤坂時期，心境產生了變化，我開始希望可以前往未曾踏足過的地方。這念頭是打從我渴望把喜愛的東西及想法與相近的人分享時開始冒起的。事情的方向發展，在我開店之前完全沒有想像過，我竟然遇上了年紀相近、又與我想法相通的人，從中感受到書本的可貴之處，也樂在其中。

雖然前來書店的都是顧客，但我並沒有只視他們為商務來往的對象，比起他們在店舖買書，我更想跟他們聊天。六〇年代的美術畫冊備受注目，而且當時大家都在做免費特刊，從中發表自己覺得有趣的事情或者想法，洋溢著發現新事物的喜悅，那是一個社會風氣自由開放的年代。無論是音樂、書籍、傢俱，人們都透過接觸古舊經典的東西來獲得啟發。我希望自己能夠經由書籍，將資訊傳達到更多人的手中，每找到適合的書本，都將之帶回書店去。雖說是工作，但樂此不疲。

我也有繼續到外邊推介好書，當時店舖已獲得頗為好評的成績，如果能夠再作拓展，有助增加收入，這需要下工夫。在我還是往外跑業務、於赤坂開店前，那些願意跟我買書的都是恩人。說到底，我只是一個乳臭未乾的小子，一個人在經營，而他們竟願意花幾萬円買下我的推介品，眞是十分感激！這也讓我感受到人際關係的重要性。對於當時的我來說，大家都是神級人物，他們不單止願意接見我，還稱讚我的東西罕有，只在我找著的書本上看到那些內容，讓我十分欣慰。直至現在，我還保留著當時跟他們聯絡的傳眞，是我的至寶。

前往推介之前，我都會先作調查，了解顧客的工作性質，及以曾發表過的作品，從而分析他們受到哪個時代的風格影響，然後揀選適合他們的書籍，我只會帶著精挑細選的書籍前往，因爲書本很重，回程時希望能夠兩袖清風，所以出發前我都愼重作出挑選。要是我甚麼書都帶去，定會被人認爲我這個人只是隨便帶一堆書來塞給顧客，只是想來做生意罷了。我希望能爲對方推薦合適的書，讓他們樂意買下。當發現自己的分析準確，客人眞的喜歡我帶來的書時，我會感到滿足，眞的相當享受這份工作，樂此不疲。

如果有機會直接跟顧客見面，除了留心與他們對話的內容，我還會觀察那人本身的個性和書架上放著的書，從中了解他究竟會對怎樣的書籍感到興趣。我就是這樣慢慢地建構起顧客喜好的資料庫，知道哪人喜歡哪類東西之後，一有新情報，就發傳眞或致電對方。當顧客收到與自己興趣吻合的書籍推介，定會驚喜萬分。

即便最終書本沒賣出去，整個過程也令我獲益匪淺。例如著名攝影師荒木經惟先生，我們只通過電話，當時我心驚膽戰地致電給他，想不到接聽的就是他本人，受寵若驚。起初，每撥出一個電話都戰戰兢兢，漸漸累積了經驗和勇氣，如何做法，都是摸著石頭過河，下過不少工夫。儘管撥出去的電話大部分都被回絕了，其中總也有願意聽我說話的人，給予我希望。我對自己挑選的商品都很有自信，所以幹這盤生意談不上辛苦。我現在也會跟那時願意與我交流、跟我買書的人保持來往，這些都是奇妙的體驗。

要摸清顧客的興趣和喜好，可以從多方面獲得線索，而洞悉這些線索的能力，是在美國培育出來的。因爲我的英語不好，爲了明白對方的心意，我很努力地揣摩對方的想法，集中注意作出分析，無論任何工作，這個能力都是必要的，我現在也需要應用於文章寫作和編輯工作上。

我加倍努力地了解書籍的世界，全身投入，能夠拿出一流的東西而獲得好評，這是理所當然的。而大家還不知道、教科書上也還沒有記載的優秀作品，眞是仍有不少，如果不用自己的雙腳去尋找、用自己的眼睛去細看，那些作品就會被埋沒在二手書店的角落裡。雖然這些舊書不能代表這個時代的主流，但它們確實記載了某個時代的面貌，譬如一些次文化作品，我自己很感興趣，也特意引入及推介這類書籍。我透過閱讀各式各樣的雜誌和作品集，來增進自己的知識，發現到不少出色的攝影師也還沒有出版過專集，有很多優秀的作品尚未給收錄在參考書刊中。我們不應該只接觸已經認識的範疇，也要涉獵未知的領域，才會有新的發現。

我馬不停蹄地一邊工作、一邊摸索，回想那個時期，眞的很開心，總覺得每一日的時間都根本不夠用。我從來沒有因爲太過忙碌而感到疲倦。不久前，我希望被大家認同，所以拚了命工作，然後隨著交到更多朋友，需要自己的人多起來了，這使我更有動力去做得更好，以前覺得自己身分卑微的劣等感，一筆勾銷了。儘管有辛酸，但令我感到高興的事情有更多。現在，我想集中發掘自己內在的需要和興趣。

「m&co.」的中目黑時期

由於「Huckleberry」需要改裝，營運了三年的赤坂店要結束了。那時，撰稿接案多起來，我有意租用工作室，剛好我有一位朋友、經營管理公司「KiKi」的川崎步小姐也在物色辦公室，於是我們便打算合租一個較大的地方。就是這樣，我將業務移師到中目黑的公寓，也是「m&co.」的新開始[1]。

因爲新的辦公室是設在公寓內，所以不能長時間對外開放，書店的營運模式遂改爲預約制。這其實跟赤坂時期也沒有太大分別，客人只要事先打電話預約，確認我在工作室便可以前來。我之所以選擇在公寓開店，是想身體力行的證明，開店也可以如此形式。一般人所謂的開店，需要龐大資金，找尋適合的地點，還要張羅店鋪裝修等。而我認爲，只要你對自己提供的商品有足夠自信的話，即便是在公寓或是大廈裡也好，任何地方都可以開店。

我剛搬到中目黑時，因爲顧客不多，相對有閒，讓我有機會跟也在附近創業的人多加認識，建立友誼。最初那裡的店舖不多，附近只有一間「Organic Design」傢俱店[2]，而隨著更多人都把工作室搬到中目黑區，媒體便創造了「中目黑系」這個潮流用語，成爲一時的社會現象。

對我的業務發展來說，「Organic Design」和「Organic Café」的出現起了關鍵性的作用。那裡作爲聚會場所，凝聚了從事不同行業的人，彼此互相結識，也認同對方的工作，從而帶來合作的契機，把自己所屬領域的優勢發展開去。被邀請參與講座的時候，我經常遇見松田岳二先生[3]和田中知之先生，還有「Café Apres-Midi」的橋本徹先生[4]。在建立自己現有的工作模式之前，我感覺到大家都經歷過同樣的掙扎。雖然我們沒有一起共事過，但大家都有著一份志氣，認真看待自己的事業，絕不是鬧著玩或者一時興致而已。

在我三十歲左右，經營書店以外，其他的工作邀約也增加了不少。除了一如以往到海外收集

2／於一九九五年由相原一雅先生開設，後來於一九九八年他再開了咖啡店「Organic Café」。
3／日本著名音樂製作人及DJ
4／日本著名樂評人及DJ

書籍，我也幫忙參與製作「Laforet」[5]的免費特刊、擔任電視節目編劇、製作電影宣傳預告片、設計CD封面及書籍裝幀等，工作項目多得讓我也差點忘記了自己的正職究竟是甚麼來著。我也試過在「Vantan」專科學校擔任特別講師，教授美術指導科目，爲期一年，每週兩次講課。雖然工種包羅萬有，但由於剛好是泡沫經濟爆破之後吧，明明這麼忙碌，收入卻沒有太多呢。

儘管如此，日子過得非常充實。現在回想，也許當時自己不夠腳踏實地，工作涉獵太廣了，但這樣的經歷，讓我對自己的能力有了更深入的了解，我知道到自己擅長做些甚麼，能夠做到哪種水準。那個時候，我不吝嗇地展露個人所想，只要做得開心，甚麼事情也願意一試。本著這種心境處事，每次都傾盡全力，做到最好。我跟自己說，如果這次放棄了，就沒有下次機會了，所以我幾乎沒有拒絕過任何工作的邀請。雖然也想過自己有時候會不會被利用了，但被別人需要的滿足感，蓋過了一切疑慮。

5／日本時尚生活品牌

對本業的迷失

搬到中目黑兩年之後，由於「KiKi」公司的業務發展規模擴大，我的工作亦愈來愈繁忙，辦公室的空間不敷應用，我便打算遷出，另覓地方。那時候，「m&co.」的客人以「中目黑系」的群衆爲主，書店給人的形象是潮流的代表，經常引入能夠帶動話題的書本，我一直都奮力回應大衆這個期望，努力不懈地找來具新鮮感的書籍，然而這開始爲自己構成了一股壓力——「除了Sam Haskins[1]，當下還有哪位備受注目的攝影師呢？」、「最近流行的是甚麼呢？」我常常被這樣問及。其實從一開始，我就不是以告訴大家「現在正流行甚麼？」的目的去推介書本，我沒有想過要製造潮流。

經常被問及「之後將會流行甚麼？」，這令我感到了煩厭，也令書店經營這件事本身，失去了樂趣。如此這般，要持續做下去的感覺，變得困難起來了。我明白到，事到如今，一切都是自己的責任。當我感到不能夠再按著自己的步伐，去把我覺得優秀的書籍介紹給別人的瞬間，我便

1／英國大師級攝影師（一九二六—二〇〇九年）

決意要結束經營。再加上，寫作的接案增加了不少，忙得不可開交。每日寫稿之外，已沒有多餘時間去吸收新知識，也沒法子與朋友聚會，即使是見面，也只是爲了工作需要。

接著的一年，我停下了書籍買賣的業務，只做書店以外的工作，也藉著這段時間作自我反思、整理自己對書本的感受。我把書店事業暫擱在在心中一角，當下埋首撰寫文章和從事編輯工作。我人生中第一本散文集——《本業失格》，就是在這個時候出版。不過，在這段與書店保持距離的期間，有朋友無意中跟我說：「松浦先生還是最適合經營書店呢。」這令我認眞反省，究竟自己最想做的是甚麼？

當時我非常懊惱，有很多來自不同界別的人士向我邀約，讓我擔任各樣的工作，可是一種前所未有的危機感襲來，那就是過於忙碌。在此之前，我喜歡自己忙個不停，如今卻意識到，自己忙過了頭，這並不是一件好事。

當時媒體對「中目黑系」似乎都有種生活輕鬆寫意的憧憬印象，可是現實並非如此，這種落差感讓我很不舒服，感到迷失，覺得不再是自己。但是爲了維持生活，就得要工作啊，要工作就不能敷衍了事。回想到赤坂時期，每一天都過得那麼愜意，爲甚麼如今卻這麼辛苦呢？

當時我跟自己說，不要再繼續書店了，其實我也沒有要讓賣書成爲自己的人生，就像寫作一樣，開書店是表現自己的形式之一；再者，賣書如今只令我感到空虛，當然我可以繼續推薦不少好書給讀者，然而那些始終不是我自己的著作，都是屬於他人的書本。

現在回想，既然店裡的書本全部都經由我所挑選，那當然是代表了自己的所思所想，但當時的我鑽進了牛角尖，有點自暴自棄。爲了平衡自己，我開始努力筆耕，決定透過由自己撰寫的文字，向他人傳達心中所想，表達我的內在感受，我對寫作產生了濃厚的興趣，至於書店的經營，則先擱下好了。

我的流動書店

我嘗試抽離現狀，回想過去自己做過甚麼感到最快樂呢？——那是在紐約街頭賣書的時候。如果能夠重拾當時那個心情，然後再挑戰經營書店，未嘗不可！首先要找回初心，而那個初心，就落在路邊！想到這裡，我打算回到街頭。不過，如果跟從前一樣擺路邊攤，不過是原地踏步而已。我苦苦思量，如何做才可以令事情更有趣呢？以兩輪手推車、腳踏車，又或者開汽車之類的，不就可以到達更多不同的地方嗎？感覺挺有趣！就是這樣，我得出了「流動式書店」這個結論。人們不需要預約前來，而我在哪裡也可以開店。以前我會比較著重引入外國書籍，這次則會提供更多日文選書，當然仍然全部都會是我的推介，以表現我的思想、我的主張。

自從書店結業到這次決定重新出發，過去了一年時間，我以四個月來改裝一輛兩噸貨車後，「流動書店」宣布誕生[1]！我從來都不是一個深思熟慮的人，計劃還未完善便橫衝直撞，立卽行動，最好的證明就是——我發現自己原來沒有駕駛執照！於是乎，開車的工作只好交給員工來代

1／二〇〇〇年

勞。不過衝動而爲也不一定是壞事呢，有時計劃太過周詳，事事要準備妥當才去展開，那麼一旦碰上突發難題，便會更容易想到放棄吧。一股腦兒直接行動，反而更能成事。

這次的書店就命名爲「m&co. booksellers」或「m&co. travelling booksellers」，對我來說，「travelling」這個字眼非常重要，因爲是流動式的書店。與此同時，近來我寫的文章由書評轉型爲散文隨筆，較爲輕鬆有趣的，編輯工作也終於有了方向性。這麼一來，心理上踏實了不少。

我終於找著一種自己獨有的方式去賣書，而且卸下了從前「必須要去搜尋稀有書籍」那種壓力。「m&co. travelling booksellers」的最大突破，就是終於擺脫了以往「m&co.」等如「新潮的美術畫冊」這個既定形象，從此有別於以往的定位，這才是眞正的再出發！既然要投入金錢和時間，與其一如以往地開店，倒不如作出挑戰，換一個前所未有的方式。

就像上次我決定把書店搬到公寓經營的意義一樣，開貨車到任何喜歡的地方去賣書，不需要租借場所，如果這間流動書店能夠成功，我就可以給年輕人做出示範，這是可行的！我不是以高高在上的身分作空談，而是身體力行去實踐，藉此也鼓勵大家作出不同的嘗試。我年輕的時候，曾經從很多長輩身上獲得啟發，就如當年那樣，我也希望可以造福年輕一代，向他們展示新的道路。直至現在，這間流動書店仍然照常營業，我眞的非常慶幸自己能夠想出這種經營方式。

這間流動書店會定期開往日本不同的地區，例如名古屋、大阪、京都等，有如把書店拓展到日本各地，感覺十分奇妙！每到訪一個地點之前，會事先以互聯網作宣傳，很多人慕名而來呢。流動書店所停泊的位置，需要經過考量，在東京，我選擇惠比壽的美國橋公園，因爲書車泊在那裡的話，較不會給別人造成妨礙，我不想太招搖呢，也不想令人覺得礙眼。另外，還有一個竅門，就是泊在洗手間附近，在外頭工作爲了「方便」這眞是很重要的呢！

開設流動書店之後，顧客層有了很大的變化。在中目黑時期，通常都是熟客來買書，而現在的客人幾乎都是沒有見過面的。在公園旁邊停泊書車，人們看到了有興趣便過來看看，這正是我心目中的理想書店。不過，因爲是在室外，無論是夏天或冬天都得要忍受嚴酷的天氣折磨，但這也是一種獨有的體驗嘛。還有就是，愛書之人即便需要老遠特意繞道而來，還是會想前來到訪一下呢。經營流動書店，令我感受最深刻的，就是雖然賣的是二手書，但人們都不是因爲那些是二手書而來買的，對他們來說，那些都是「一般」的書，他們剛好路過，當中有喜歡的書，便買回去。

看到這番景象，我感到很欣慰。

書店可以如何經營，我相信還有很多其他形式，流動書店並不是唯一答案。倘若發現有改善的地方，就再作改進，例如如何保持書店的新鮮感。我曾經在千馱谷的「SAZABY」開過一間名爲「Today Shop」的書店，名字的意義是希望大家好好感受當天。那個店面就只有一張桌子的大小，大約持續了一年時間。能夠在「SAZABY」擁有一個獨立店鋪，這件事本身就很有趣嘛。只要肯花心思，誰也能夠挑戰做些有趣的事。尤其像我這樣的個體，靈活變通是優勢。「m&co.」並不是一個組織，就有如松浦彌太郎本身，如果是以市場學的理論來經營，那麼我的本身便沒有存在的意義。我所希望的是，人們會認爲，如果這不是由松浦先生來經營的話，就沒有意思了！姑勿論個人喜惡，店裡的書都由我來挑，當然會有偏愛，但正正就是因爲這種偏愛，才彰顯出書店的獨特之處。

做甚麼事情也好，如果不能以自己的方式、把想表達的信息傳遞出去，就沒有意義了。要是換誰來做都一樣的話，對別人、對自己來說，無論是做文字工作或其他作業也好，都會有罪惡感吧。即便只有5%，都要留下自己的足跡，盡自己所能去做。如果你討厭我所選擇的書籍、又或者不認同我的品味，我無話可說，但即便如此，我也無法隨隨便便地把書本陳列在店裡。

我從來就不是一個容易死心、輕易放棄的人。正因爲認爲一定會有解決問題的方法或者關鍵之處，才令我這麼糾結。一旦選擇放棄，一切便會結束，只要不放棄，就有機會在不經意之間找到答案。我相信肉眼看不見的力量，不斷期許的意志力是強大的。堅持下去，協助你的人便會自然而然在你身邊出現。雖然我覺得自己總是一個人在打拚，但事實上幾乎沒有一件事是單憑一個人便完成的，中間一定有他人的幫助，我對於曾向我伸出援手的人，心懷感激。「m&co.」代表著松浦彌太郎，但我不會忘記，有別人的支持才能夠讓我繼續走下去。因此，「m&co.」也等於「松浦彌太郎及其友人」。這不只是我一個人的書店，它也屬於所有扶持過我的人。

不單止是經營書店，對曾經給我工作機會的人，我也很想回報他們。成就一件事情，不能只有單方面的付出，需要有雙向的給予和接受。

此外，直至目前爲止，對於書店及其他感興趣的範疇，我都依仗著以往累積得來的知識和經驗作應對。客觀而言，我只是一個囂張的外行人吧，無論是撰寫文章或是編輯工作，對資深人士來說，我就只是個中途闖入的門外漢而已。能夠在業界生存至今，一直都藉靠著我的直覺和靈活性，我不想再半吊子做事了，必須好好磨練技能，不斷提升自己，無論在經營書店或是寫作文章方面也如是，都要再好好下苦功。

「自由」是甚麼？

自由與自私

「自由」對我來說，是重要的人生課題。

回想過往的人生，高中輟學，貿然去到美國，過著得過且過、不務正業的生活，自由成爲了我逃避現實的藉口。那時，我非常抗拒學校或者組織強加於自己身上的規矩。

奮力從那裡掙脫，結果只是逃進糜爛的生活而已。住進女生的家，每晚夜遊，沒有做過甚麼有建設性的事。雖說過著與一般人不同的生活，然而我只不過是選擇了較放縱的道路，沉醉在快活之中，從綁手綁腳的地方逃離，爲了找尋希望去到美國，到頭來只是不斷的縱容自己。去到沒有束縛的地方，那裡眞的就有自由嗎？並沒有。盲目的憧憬著自由，自私地活著，日子並不充實，只有空虛感。濫用自由，擅自把個人想法強加於他人身上，未能讓我找到希望。

從美國歸來，在橫濱的家中開始經營書店，我突然覺醒，需要重新調整自己的生活規律。爲了能夠獲得眞正的自由，自律的生活方式還是必須的。直覺告訴我，無論如何都需要這樣做。對於自己的體力、意志和知識，我滿有自信的，但單靠這些還不足以繼續前進。任何工作都需要創意，而保持創意，建立規律的生活便十分重要。我留意到身邊工作表現卓越的人，都很自律，由此啟發了我。首先，早上要準時起床，整理這天需要做好的事情，定下完成任務的時限。就這樣，我開始管理自己，其實這些都是基本要做的事。每天沒有意外的發生，保持著平穩的生活節奏，讓我感到這樣最幸福。

我做甚麼事情都很執著，時常都在想：究竟這樣做是否正確？爲了尋求答案，我看過很多書。我是個易受影響的人，還嘗試過進行葛吉夫（George Gurdjieff）[1]那個「（對自己）下功夫」（The Work）的方法——每日在同一時間做同一件事。然後，接觸到魯道夫．史代納（Rudolf Steiner）[2]的《神智學》（*Theosophie*, 1904）和佛陀的教誨。佛陀的「八正道」中提到了「正見解」、「正思維」和「正意念」等八種修行途徑，這跟普世的道德標準無關，是糾正自身的修行，提升個人內在修爲的方法。因爲神就在每個人之中，要糾正自身，就是與自己競賽，以此爲中心，努力修行。

只要找到正確的生存之道，便會悟出眞正的自由。

1／俄國哲學家、作家、靈修導師（一八八六－一九四九年）
2／奧地利哲學家、教育家（一八六一－一九二五年）

開始時眞的很困難。跟自己說要過「正確」的生活，但實行起來，卻不容易。恰巧住在美國的日本友人也在這個時期思考人生——「如何才能達致精神上的成長？」我們經常圍繞這個話題作出討論，獲益良多。他提議，嘗試回想從出生以來至今的記憶，由最久遠的事情開始回溯，曾經做過甚麼事情，好事或壞事也沒關係，將所有回憶和相關的人，都記錄在筆記簿上。

我照著他的話，拿出筆記簿寫下來。在此之前，我本來認爲，自己的人生一直都單憑著個人的能耐存活至今，但我發現，事實並非如此。我之所以成爲了今天的我，委實有賴身邊人對我的扶持。我很年輕便獨立，對雙親沒有很強的依賴，但經過這次回溯，我默默地對父母心存感恩，也感激身邊出現過幫助我的人，實實在在地感受到，自己並不只是一個人而已。想通了，我眼前頓時雨過天晴，找到從今以後應該要好好珍惜的東西。

我開始明白到生活中甚麼是「正確」的觀念和意識，然後在做任何事之前，都捫心自問——「究竟這樣做是否正確？」我跟朋友分享，我終於領悟到甚麼是「正確」的事情了，然後他跟我說：

「這就是所謂的『Second Birthday』。」他說每個人都會有兩個生日，一個是自己誕生的日子，另一個是眞正理解自己的日子。

一件事情的正確與否，指標在於，做了之後會否給別人造成傷害——這就是我的答案。我能夠做到的「正確」的事，就是不要傷害我珍惜的人。在迎來「Second Birthday」之前，我完全沒有留意過這點，當我開始意識到自己之所以有今時今日，是因爲身邊有扶持過我的人，我心裡希望能夠報答他們。有些人我可能不會跟他再見面、有些人今後或會漸漸失去聯絡，但我會堅持懷著「我會一直努力，請你也加把勁」的態度，以此爲回報。

我一邊反省，一邊工作，以往所謂的「自由生活」，未免是太過放縱了，從中並沒有甚麼得著。過自律的生活也不代表可以得到自由，我也曾爲此感到懊惱，花了不少時間思索，才把那個自以爲是的我弄清醒過來。

現在視野比以前拉闊了。我認爲，自由需要與社會聯繫。我會繼續秉持這個想法。如果跟社會脫節，工作就沒有意義了。我希望能夠回饋社會。自由，就是如何作爲個體將正能量帶給社會。

當然，建立自己的事業、又需要與社會接軌時，我曾感受到失去了自由。遇上這種情況，我們更加不應輕易放棄，對於任何事情，都要堅持自己的意志，盡力地實踐，只要是做著正確的事，不就是獲得眞正的自由嗎?的而且確，我曾經輟學，淪爲社會的失敗者，但我不希望被世間遺棄。要有作爲社會一份子的自覺，留意世界上發生的事情。如果我的目標是成爲對社會有貢獻的人，那就更加需要明瞭社會的現況。

做任何事之前，前提總是：「這是爲自己好的！」，之前也提及過，年輕時我總覺得自己一文不值，更遑論爲了自己去做甚麼事情了。而如今當我省悟到，自己所做的事可以讓人快樂，那我便會更樂意加倍努力去做。想被疼愛、獲得讚許，乃人之常情，說一點都不在意是騙人嘛。而即便初衷是爲了讓別人快樂而努力，我相信到最後，自己也一定會好好享受那個成果。

旅行的自由與不自由

現在去旅行的話，我已不會在街上隨處遊蕩了，在陌生的地方，我幾乎待在酒店房間裡。比起去逛甚麼景點，我更享受寧靜的思考時間。離開住處，方能好好反思。別人聽起來可能覺得奇怪，但在我而言，旅行的意義，就是享受自由。由於我已成家立室，個人空間難免減少了，在東京雖然也有空間時間，但始終難以好好靜下來思考，這令我更加渴望獨處，回到根本，探索內心。

記得第一次到美國的時候，內心焦慮不安，周遭都很陌生，但與此同時，我感到無比自由，一切都新鮮刺激，我無法忘懷當時的解放感。要是再去旅行，我當然希望能夠再一次感受當時的心情，只可惜現在年紀大了，已無法回到過去，但願至少還能保留著一點少年時代的青澀感吧，藉著去旅行，反省自身，尋回自我。

無論去過多少次旅行，還是會因爲言語不通而造成不便，不過這卻又可以讓我有機會再重新認識自己，回到初心的感覺，重設面對解決困難的思考方式，這經驗間接或直接都能夠活用到工作上呢。

我去到海外，大都是爲了搜尋書刊，從美國買書，然後帶回日本賣出，不過事實上很多時候都是賠本的，機票和住宿費，卽便如何節儉，一星期大約需要三十萬円，而賣書的售價最多只能比原價提高四倍，如此這般，遑論盈利，根本只有赤字呢。倘若能夠做到大量買賣，情況或會改善，不過我的書店沒有那個規模，這也不是卽買卽賣的生意，所以成本效益很低。倒不如利用互聯網跟書店聯繫以確認訂貨就好了，如此收入便更可觀吧，那我爲甚麼還要跑到海外老遠去呢？就是爲了發掘未知的東西。從互聯網訂書，只靠查看書單，選書局限於自己能掌握的資訊範圍內。如果親身到訪外地的書店，就能發現更多我從不認識的書本，有很多東西如果不用自己的雙腳去尋找，是永遠都無法碰上的。這個世界不錯已變得很方便了，但爲了邂逅自己未知道的事物，除了親身探索，別無他法。

以前在書店現場一旦發現了好書定必當場採購，現在大多數已不會這麼做了，這是累積經營所得的做法，因爲只要記住書店的名字和聯繫方法，有需要時再下訂也可以。當然最好預先通知書店的負責人，跟對方提及之後或有機會再致電或以電郵聯絡作訂購。此外，如果你有跟店員傾談，提及到自己對甚麼書本感興趣、正在尋找怎樣的書籍，他們定會記住你的容貌，而只要記得你，之後無論是致電或者電郵聯絡，溝通過程都會更加順暢呢。這麼一來，減省了逛一間書店所需的時間，提高了效率，又可多逛幾間。

過去每遇見好書就急不及待買下，但這樣會令自己很辛苦，因爲需要帶著書本繼續上路，又或者要花工夫包裹書本安排寄出。現在我學懂了讓自己輕鬆一點的處理方法。

到海外尋書，跟採購工作，是不一樣的兩回事。我希望回到起點，尋回遺忘了的初心，在途上邂逅不同的書本，與不同的人溝通，從中拾獲各式各樣的感受，這種體驗也可以活用到經營書店、寫作文章，以及所有創作裡。

總而言之，我本身就很喜歡到處搜索呢。

流動書店之旅

以流動書店的方式到訪日本各地，對我來說，也是一種旅行。乘搭新幹線或飛機到達目的地，很難掌握距離感。如果開著貨車前往的話，就有踏上旅途的實感了，令人感到豁然開朗，而且一路上也會發生很多有趣的事。

當身在目的地，最大的樂趣就是能夠把自己一手策劃的書店，經由流動貨車的形式，直接帶到不同地區的人的面前，非常有趣，我自己覺得這眞是一項革命性的創舉呢！

對於各個地區的人們來說，一想到本來是位於東京的書店，現在能夠原原本本地出現在自己的跟前，一定感到十分高興吧，我也非常榮幸能夠與大家分享這個喜悅；甚至有人說，光是看到那輛貨車駛過都已經很感動，興奮不已，它眞的來了！

打從一開始，我便沒有爲這流動書店設下甚麼特定的營運目標，而實行下來，這種運作形式確實地都滿足了經營者和客人們的渴求呢。作爲經營者，我沒有特意在這裡擺賣稀有的書籍，基本上都是適合大衆的書本，人們也似乎不怎麼在意有沒有甚麼新奇的書刊，我原本也沒有計劃要專門售賣罕有專書，對於那種珍藏級的稀有書籍，直接賣給收藏家就好了。理想之中，流動書店的存在意義，就是讓更多的書本讓不同的人隨緣相遇。

流動書店每個月到訪地區一次，每次會遇上大約二百多人吧。每趟旅程我都會很緊張呢，究竟會有怎樣的客人前來？而最令我感到高興的是，聚集到流動書店來看書的人，會漸漸變得熟絡起來，這裡爲喜歡書本的同好者，提供了一個交流的聚腳地，讓本來互不相識的人們，藉著這個機會碰面，我很高興能夠爲大家造就這個契機，這成爲了我要持續經營下去的理由。雖然堅持營運相當不容易，但我會竭盡所能。

有人提出，想來學習及幫忙，可是我單要處理自己忙著的事情已夠應接不暇了，恐怕沒有餘暇來照顧別人呢，有人表示希望參與其中，我當然感到很高興，只可惜我沒那份空閒把經驗傳授。有人說不用我費神去指教，他們在旁邊觀察著來學習也可以，但我不喜歡這種做法，若果說成是師徒關係可能過於嚴肅，但如果要我來施教，我希望能夠待我有足夠自信時才這樣做。大家請作爲一名顧客前來吧，從我所經營的書店中獲得啟發，我便心滿意足了。

有朝一日成為「m&co.」的顧客

要實行一件事，意外地簡單，我使用的是一輛兩噸貨車，如果改用輕型貨車，也應該能夠辦得到。每個月定期到訪某地，讓人們有緣相聚，任何人想做都可以做到。年輕一代假如受到啟發而想到其他更新穎的營運方式，我會感到非常高興。例如二手服裝店，又或者二手唱片舖，我希望大家都能夠自由自在地去做想做的事，在自己選擇的時間前往想去的地方，席地擺賣也好，總會有人來支持。

我所做的事情往往從弱勢者的角度出發。不只是我，社會上大部分人都是無權勢者。在現實世界中，很多機會都只留給所謂「優秀」的人，像我這種人沒有甚麼學歷，感到自卑，情緒不穩定，但我認為，應該要從弱勢者的角度作思考，去跟社會建立聯繫。

要是將來我能夠擁有更大的權力、更高的地位，我都不會忘記這點。人在社會中生存，要力爭上游、令自己變強的觀念根深柢固，但我想探索的，是讓弱勢人士感到幸福的方法。即便本身一無所有，也一定有自己能做到的事，就從那裡開始吧，不要被世間既定的價值觀束縛，希望人們都能從我身上的例子感受到這份信念。

以往二手書買賣這個行業一直被特定人士所壟斷，我很自豪能夠進入這個引人入勝的領域，並向年輕人展示我是如何做到了。雖說我一個人的力量微不足道，但有來過我的書店的人，都有如置身神保町一樣尋寶呢，有人發現到竟有這麼厲害的美術畫冊，有人開始會買下繪本或美術書刊用作陳設裝飾，然後有唱片舖也開始售賣二手書籍，到訪二手書市集的年輕人亦增加起來了⋯⋯以上種種，都讓我感受到二手書業界的轉變。

「m&co.」不單止是書店的名稱，也代表著一種經營方式，目標顧客不再局限於年長的二手書的專門發燒友，無論是大眾年輕男女，還是具潮流觸覺的人，大家都可以在二手書這個世界裡找到可愛的繪本、接觸到好看的美術畫冊。就像二手服裝店和二手唱片舖，我希望有更多人會嘗試開設二手書店，我相信年輕人選書的眼光定比我優秀。由於自己在經營書店，所以沒辦法成爲自己的顧客呢，如果有愈來愈多人像「m&co.」那樣開設店子，這回我便可以做客人了！我期待這一天的到來。

我帶頭做起，要是能夠給予年輕一輩帶來啟發，之後由他們傳承下去，對我來說，這就是給我的最好回饋。我自己嘛，就是從閱讀植草甚一先生[1]的作品獲得啟迪，他的知識和經驗，讓我獲得了養分。

現階段，我希望著眼於做好自己能力範圍內的事，並沒打算擴充業務。有人覺得我應該增加人手，建立組織架構，但我未有這個想法。我不知道經營下去結果會如何，可能再過一段時間形勢便不一樣，不過目前最適合我的，便是「松浦彌太郎式個人商店」，我盡可能都會留在店裡。倘若擴充業務、將架構組織化，我便不一定需要長駐在店，而我最不願意看到的事情，正正就是把「m&co.」格式化，因爲那便會變成是無論由誰來駐守也一樣的書店。我希望繼續維持小規模就好，不過一成不變的話會很沉悶吧，所以我還是會不斷摸索經營方法，以提高店鋪的質素。

即便是新開設的「COW BOOKS」[2]也是一樣，我不想前來的客人都找不著我呢，不希望令客人覺得「松浦先生不可能會在店裡」。雖然很難一直逗留顧店，但我盡量都會露臉，踏實地做好這件應該是理所當然的事。也不是說只要我在店裡客人便會讚好，而是因爲我本身很享受與客人溝通，很想親身感受怎樣的人會前來書店，親眼看見支持我的人，由此獲得勇氣和力量，我想

1／日本知名作家（一九〇八－一九七九年）
2／二〇〇二年

建立這種一對一的雙向關係，而不只是單向的。

我一直希望能在這間小小的店舖中孕育出甚麼東西，就好像龐克文化就是從小小的店舖誕生的。最終能否培育出甚麼，那是結果論，目前這階段還很難定奪，但我覺得這是有可能的。

我的願景是，即便過了十年，人們還是會記得我的書店。只要有人記得曾經有過這麼一間書店，我的努力便有意義。如果能成為別人的榜樣，鼓勵他人也挑戰創業開店，我會很欣慰。我希望這種精神能夠延續下去。我沒有必要成為所有事情的始創人，這也是沒有可能的。我現在所做的事，就是向那些曾經對我有深遠影響的人，作出致敬。

開始與終結

剛開始經營「m&co.」的時候，作爲社會的一分子，我希望自己也能夠做出慈善貢獻。由於我從事有關書本的行業，自然便想到以書本去回饋社會，打算蒐集繪本和兒童書籍捐給兒童福利機構，直至現在這個仍然在繼續進行中。我記得最初與兒童福利機構商量有關計劃時，負責人跟我說，書本數量多少沒關係，最重要的是計劃能夠長期持續進行。

要明白，那些需要待在兒童福利機構的小朋友，大多都是因爲大人自私的理由，才被送到那裡去的，所以，如果只基於自己的考量而開始捐書，然後又因著甚麼原因而擅自停止的話，小朋友便會更加認爲「大人是不可靠、不可信的」。從兒童福利機構的負責人那裡聽到這番話，我恍然大悟，開始做一件事情可以很簡單，同樣地，要結束也可以很輕易，但問題是，你有可能會令牽涉其中的人受到傷害。所以，在可行的情況下，我都持續捐書。

關於流動書店的營運也如是，姑勿論顧客怎麼想，我盡可能都會持續經營。剛開始營運的時候當然興致勃勃，享受著開創的過程，但興奮心情漸漸冷卻下來後，如果遇到困難便輕易放棄，這就是對客人不負責任呢。話雖如此，單靠責任感而勉強下去也是不行的，跟開店時的本意已不再一樣了。藉著向兒童福利機構捐書這件事，我明白到即便流動書店到訪地區的次數減少至半年才一次、甚或是規模縮小也好，也應該要竭盡所能持續做下去，儘管最後失敗了，我也無悔。

要正視自己的眞正意願，保持毅力意志，付出最大的能耐去實行。比起經濟理由，我認爲心態更是關鍵，且看一個人可以堅持多久。而反過來說，正因爲是個體，所以只要你很想持續下去，便能夠有那個意志做得到！換了是公司或者組織，情況就不一樣了。作爲個人，你沒辦法怪罪他人或者逃避責任，但至少可以坦誠地面對自己，這也是一種自由。

撰寫與創造

「BOOK BLESS YOU」

直至目前爲止，我所參與過的工作，還沒有一項令我感到滿意，也尚未有代表作呢。每次我都會全力以赴，完成之後不斷反思，怎樣做會更加好、或甚麼事情不應該去做，然後把經驗活用到下一次任務中。

傾盡全力是理所當然的，這不是爲了獲得別人的評價，而是向自己交代，屬於自己的責任跟客人或夥伴是沒有關係的。既然是工作，就需要看成績。每一個項目完成以後，都需要冷靜分析結果，把工作過程回想一遍，這絕不是一件樂事，但如果不去檢討有沒有做得好與不好的地方，下次就有可能會犯下同樣的錯誤，甚或會導致失敗。由於我是自由工作者，如果疏失了，就會失去下一次機會，所以我一直都抱著這個意識來工作。即便如此，仍是會發現有做得不好的地方，還有待改進，我爲此感到懊惱，但這也正是工作帶來趣味的所在。

談到我的寫作生涯，始於《GINZA》[1]的專欄「BOOK BLESS YOU」，目前[2]仍然繼續在

1／時尚女性雜誌，創辦於一九九七年。
2／二〇〇三年

進行，已經連載到第六十回，剛好過了五年，每次連載，我都會選一本書作介紹。這本應是我最拿手的事情，但不知怎的，我依然會感到緊張。最初把自己寫好的原稿交給負責的編輯時，我一直擔心究竟會怎樣被評價？如果他跟我說下回不用再寫了那怎麼辦？總之緊張得手心冒汗。

之後書評的邀約陸續增加，基本上我都會介紹自己覺得好看的書本，會親自到書店選書，每次待在書店都會耗上幾小時打書釘，我很可能已經成爲了書店裡最不受歡迎的客人！每當發現令我印象深刻的書，便會把感受、聯想起甚麼等，如實寫下來。

我也有遇到瓶頸的時候，總沒可能看每本書都有感而發，雖不至於想放棄，但有時還是會感到怠倦。即便你有想寫的內容，但有時會提不起勁。遇到有趣的好書當然會想寫，但只覺得「好」是不足夠的，究竟要怎樣落筆表達呢？每次都經過一番苦思。

即便這麼辛苦，我還是堅持繼續寫下去，這也得靠著負責的編輯從旁鼓勵，有時候我會覺得並不是只有我一個人在寫，他們也跟我在一起呢。「BOOK BLESS YOU」這個欄目的負責人在五年間換了三位，每位編輯都很友善地引領著我，不僅用電話和電郵去聯繫交收稿件，還會跟我會面，分享上一次專欄的感想，能夠獲得別人的讚許，讓我有動力再寫下去。

介紹書本的交收安排，大可交給助理代辦，不過每一位編輯都會親身前來跟我見見面，讓我覺得自己被好好照顧著。我曾經看過作家椎名誠先生在專欄中提及過：「不可以每次都寫得有趣。」這令我鬆了一口氣呢！他的意思就是說，每三次專欄中有一次寫得有趣就好，不需要每次都是傑作。話雖如此，也不可以偷懶呢。

連載了五年的「BOOK BLESS YOU」，是十分寶貴的經驗。寫作對我來說，是永遠的課題，是長期的磨練。讀者怎麼想我無從得知，即便我寫了這麼久，仍然覺得自己寫得不夠好，可能正因爲寫得不夠老練，才能給讀者帶來新鮮感吧！我衷心感謝有這個機會去撰寫這個專欄，要是沒有發表的平台，只是逕自在寫的話，就很難持續下去了，始終要有讀者，作者的存在才有意義嘛。

坪田讓治與壺井榮

我寫文章的時候，會以坪田讓治[1]和壺井榮[2]作爲模範。

坪田讓治是繼承了日本民間故事的作者，他到日本各地去收集長輩們口傳的陳年舊事，經過消化後，寫成故事，這成爲了他的人生志業，人們都稱他爲「民族學者」。他也有寫散文，但主要作品是童話，有很多短篇故事作品，猶如日本版的《伊索寓言》。

壺井榮的代表作是《二十四隻眼睛》，她很會寫隨筆，文章都是一些生活所感或身邊事物的雜記，我都很喜歡。人只要活著，就會遇到種種事情，誰也遇到過好事、壞事、美事、又或醜事。壺井榮接納所有，直接面對，寫文章時，如果只寫自己的價值觀，便可能會出現偏頗，但壺井榮的文字沒有這個毛病。她寫的東西大都圍繞日常、男女關係等，撰寫人類最脆弱的一面。我最欣賞的，是她那種清新淡雅的文風。不是冷眼旁觀，而是盡量以平常心去看待事物。我認爲文章簡

1／日本小說家、兒童文學家（一八九〇－一九八二年）
2／日本小說家、詩人（一八九九－一九六七年）

而有力很重要，當然也可以寫得氣勢豪邁，但我偏愛俐落簡潔的詞彙。無論何時都保持著一貫的雅致持續地寫下去，是一件令人值得敬佩的事。

像說話一樣寫作

關於寫作，我自問沒有資格對別人的作品說長論短，但對有志於從事文字工作的人，我能夠分享的是，文筆好或不好，其實也沒甚麼關係呢。曾經有一位著名作家，不過我已忘記了他的名字了，他說過：「文章寫得好是禁忌。」意思就是說，如果作者本身只追求寫出好文章，那麼世間便會變得枯燥乏味。本身很會寫的人，更應該懂得適時放鬆。像教科書上那些完美的範文，任誰只要努力模仿，參考文筆，總能寫成。但如何剝開文法外殼去展現思想內涵，這才是最寶貴，這番話令我獲益良多。

我常常都在思索，究竟寫得好是甚麼意思呢？最終我發現，猶如與父母、子女、戀人和朋友閒話家常般，像是跟人在說話那樣的文章，就是最好的。當然要是像三島由紀夫[1]那樣寫得充滿文學藝術性，則另作別論。以我的水平，我就是用跟別人說話的方式去寫，由此寫出感覺上有趣

1／日本小說家、劇作家、記者、電影製作人、電影演員（一九二五－一九七〇年），曾三度入圍諾貝爾文學獎提名，有「日本的海明威」稱譽。

的文章。至於表現力則不是瞬間便能夠修練得來的，可多讀自己喜歡的作家，努力揣摩學習，慢慢累積文字功力。

不過我不會爲了文筆技巧而刻意去閱讀甚麼文章，我希望閱讀的過程都是輕鬆是有趣的，尤其我是個很容易受影響的人，要是爲了寫作而作閱讀參考，恐怕便會寫出相類似的東西來。例如看了內田百閒[2]的文章，我寫的文稿便會帶著他的影子。比起一般人，我更容易吸收知識，記憶力也強，如此便帶來了反效果。有時讀到覺得寫得不錯的文章，只要記得大概便好，沒必要抄錄下來，雖然很多時候都會忘記了。我認爲，一邊閱讀、一邊感受，潛移默化下，自然而然，便會培養出自己的寫作能力。

2／日本小說家、散文作家（一八八九－一九七一年）

開始寫作前兩天

我一向都從自己的感受出發去寫作。不過，要把內心所想的以文字呈現出來，也不是件容易的事，有時候會摸不著頭腦該怎麼去表達。即便有了頭緒，但霎時之間，還是會寫不出來。通常在截稿日的前兩天，我會開始做心理準備。最理想的情況是，當意識到有想法感受，寫作興致達到最高峰之際，便馬上到書桌前動筆。在這段期間，我不會跟任何人會面，也不作不必要的外出，會全情投入寫作，要是靈感受到干擾就會寫得不好。

我會二十四小時思考想寫的東西，就連睡眠的時候也不例外，不是靜止坐著去想，而是邊生活邊思考，猶如戀愛時腦海裡一直想著某人的狀況。有時候，天晴會外出散散步，換轉一下心情，讓將要寫下來的文章在腦海裡醞釀。當感到進入狀態時，便坐到書桌前，動手把腦海裡的東西一一撰寫下來，能夠達致這個境界是最棒的，但並不是每一次都這麼順利，有時會遇到煩厭的事情，又或者被其他狀況分散了注意力，如果這樣就要把之前的準備工夫從頭再做一遍。

持續無間地思考，詞彙和文章雛形就會在腦海中浮現，只要不放棄，句子一定會出現。反覆思索，來回審視，這次該寫甚麼？這個主題合適嗎？然後，打開記憶的抽屜，從中就可以找著能夠寫成文章的東西。

與編輯的溝通

如果只是寫日記的話，那麼內容想寫些甚麼都可以，倘若是工作，就需要注意季節性的話題，也要緊貼時事，邊觀察邊寫作。爲連載專欄定題是很重要，因爲題目的選取會影響發揮。此外，還要留意每次是爲哪本雜誌而寫，內容是否符合該媒體的風格，也要考慮讀者會喜歡的題材。不過如果每次都只寫讀者感興趣的東西，反而會變得沒趣呢，時遠時近，間中也得寫一些讀者不熟悉的話題，若果上次寫了讀者關切的，這次便寫些跟他們距離比較遠的東西吧，爲了不讓讀者和自己感到厭倦，我一直都維持著這個平衡。遇上有人跟我說某篇文章寫得眞好，我當然滿心高興，一想到有人從文字記住了我，感到十分鼓舞，回想自己一直以來寫過多少篇令人留下印象的文章，同時提醒我，要更加認眞用心做好這份工作。

我很在意讀者的意見，但卻很少收到讀後感。這個情況下，如何令我抹去不安感，得以繼續寫下去？有賴編輯了！現在用電郵聯絡實在太方便了，不過這不是好事，試想想，編輯以電郵通知我下回連載的詳細，然後我便回覆電郵交稿，每月如是的話，會讓我覺得自己不怎麼被需要呢！

這樣的話很難持續下去，我也是人嘛，總渴望被稱讚，才有寫下去的動力。看過我寫的專欄的人有很多，但若果說我的文章是爲責任編輯而寫的，這也錯不了啊，我也總不能給看不見的對象去寫信吧，編輯是我寫的文章的第一個讀者，也是可以直接告訴我感想的人，所以，連載前跟編輯的會面十分重要，能夠面對面討論下次寫些甚麼題材，我也提出感興趣的題目，互相交流意見，然後作出決定，這樣最理想。我也希望編輯讀過我的文稿後，能告訴我感想，直接指出需要改善的地方。倘若編輯跟我說寫甚麼都可以，你喜歡就行，這樣最令我痛苦呢。

自由業者的工作性質本來就已經不穩定，若果所有事情都需要由自己來決定，便會感到更加痛苦。別以爲面對任何事可以隨時隨地想做就做是件值得高興的事，這可不算是自由呢！當然，我明白執筆的人是我自己，最終還是要由我來爲自己所寫的東西負上責任。

至今獲得的寫作竅門

爲了持續寫作，過規律生活尤其重要。並不是說要嚴守紀律，意思是要有足夠睡眠，有好好吃東西，有適量放鬆就是了。每個人都有自己的生活節奏，不一定每日都早睡早起，但過著一定的生活規律，維持身體健康，可保持良好的精神狀態。

此外，我不能只爲了自己而寫作，必須有一個對象，只是不會通知對方，也不會告訴任何人那是誰。假想某篇文章是要爲某人而寫，這樣便能夠比較容易投入感情，加強寫下這篇文章的必要性，也寫出更具意義的內容。我這個人不擅長直接說出感受，寫作是我表達謝意的一種方式，藉著文字回饋所有曾給予我勇氣的人。

寫作又跟戀愛的感覺相近呢，每個月的專欄，都像在寫情書，而既然是情書，就要有對象嘛。藏於內心的情感，如果不是這樣念想著就寫不出來，所以我會爲每篇文章定下書寫的對象。

從寫作累積的經驗告訴我，一篇文章只可以有一個主題。如果同一個主題有多個觀點想傳達，我也不會全部都寫下，每次只選取一個觀點就好，不能太過貪心。例如，我本來想說蘋果和橘子很美味，但下筆時我只會寫蘋果，這樣比較能集中表達感受。以前我試過把多個主題放在一起寫，結果文章讀起來很鬆散的。即使是寫長篇文章，我也偏向圍繞著一個主題來寫，把想要表達的事情更集中明確地描繪出來。

我盡量不會花太長時間去寫一篇文章，那是禁忌。一篇稿件字數大約一千二百字，這個篇幅大概以一小時寫成，在動筆之前，足夠的心理準備是十分重要的，如果花太長時間撰寫，難得浮現的靈感或會流逝，要寫出優秀的文章，當然需要花更長時間，但我盡量都會跟自己說，不要想太多，先一口氣把想法寫下來吧，寫得不夠好也沒關係，出外散散步之類的，把它沉澱過一日，翌日再讀一遍，再稍作修改便可。

我也不能做到一個月內寫出幾十篇文稿來，因爲每寫一篇都是內心的寫照，需要花數日集中整理思緒，不斷重複這個步驟的話，會造成精神疲累，令我迷失寫作方向。也許有人能夠大量生產，但我的寫作數量需要限制在某個程度內，才可以長期撰寫下去。

寫自己的心理關口

將自己的經歷和心情以獨白的形式撰寫出來，有時會帶來痛苦。過去的事，原本已化爲人生中不再起眼的一點，當要重拾那段回憶寫成文章，便會釋放出封印已久的情感，完成寫作之後，甚至會被低落的情緒吞噬。因此，要持續寫出內心感受，是一件痛苦的事。有人可以豁出去直接撰寫，又或者編成小說來改寫，我還在構思下一步如何，我也在測試自己的底線，究竟自己能把多少深藏的隱私公諸於世。也許會有人因爲我寫的東西受到傷害，我也需要考量自己有沒有足夠的能耐去處理。

有時我不禁猜想，家人看了我寫的文章會有甚麼想法？在家裡，我是個平凡的丈夫、父親；但在文章裡，我不再是其親人的身分，而是一個普通的男人。在我寫的東西中，有很多家人也不知道的回憶，如果有人把我所有的文章都讀一遍，也許會比我的親人更了解我。我明白，既然是我自己選擇了寫作者的道路，我就必須要坦然面對。

就算最初沒有意圖去透露私事，持續地寫作下難免會觸碰到一些連最親近的人都不知道的事情。每次連載發表時，我都心驚膽戰，擔心父母及家人讀了我的文章後會有甚麼感受？有時心裡甚至會催促著日子快點過去吧，快跳到下一期雜誌的出版就好了。

我的文章始終不是爲了家人而寫，而是從自己的角度出發，我當然會覺得自己所寫的都沒有甚麼是不可告人，但人的行爲和心理都是難測的，也會有犯錯的時候。不過，正因如此，人性才有美好的一面吧，其中也包括了犯錯和迷途的缺陷美。倘若這就是我的觀點，如果這裡面有「眞實」的東西，我便更加要誠實地寫下來。有從前的種種，才有今天的我。既然在腦海裡留下了印象，也證明某件事有值得回想的地方，那麼就讓我將之寫下來，以此爲記。

編輯講求的簡單、易明

編輯工作，就是要把資料整理成簡潔易明的信息，然後傳達出去。至今我參與過很多產品輯錄及雜誌編輯工作，每項都要求這種能力。編輯的腦海裡必須要有一幅完整的藍圖，以俯瞰的視角宏觀全盤事情，把收集回來的複雜內容簡化呈現。撰寫文章時，需要整理記憶和情感，以顯淺易明的手法描繪感受，用簡潔的文字去說明繁瑣的概念，這方面寫作跟編輯有相似的地方。然而，作者是由零開始寫作，這又跟編輯不完全相同。總的來說，把事情盡可能簡單準確地傳達，對創作而言非常重要。

縱使一項作品已經有很多人過目，但最終還是需要通過編輯的審視才算完成。編輯工作的最有趣之處，是能夠接觸第一手資料，大家在雜誌上看到的資訊卽便是多麼的新穎，但都已經是第二、第三手資訊了。比如說我的原稿，編輯是我的第一位讀者，我認爲這是做編輯的最大樂趣。

在擔任編輯工作時，我會集中精力，把自己的心情保持在最抖擻的狀態。有人認爲，對編輯來說，最重要的就是原材料，不過材料也是有限的，蒐集太多也沒有意義，更重要的是如何運用手邊的材料，製作出最好的作品。就像廚師般，要發揮食材本身的味道，盡量減少不必要的調味。食材本身已經夠好的話，便不需要下太多工夫。所以，對編輯來說，如何集齊上乘的材料，是作品成敗的關鍵。

編輯工作給我的感覺是最接近「上班」的，因爲性質上較需要把職能投入其中。撰寫文章則更著重於表達自我，不會令我感到太商業化。作爲編輯，需要事先準備簡報以介紹構思，然後得到客戶的批准才可以著手籌備，工作方式完全不一樣。這也是團隊工作，比起突顯個人特色，更重要的是能夠說服顧客、處理好問題，以及有效率地完成任務。而既然自己有份參與其中，我當然希望企劃能夠成功，例如做雜誌的話，當然希望可以多發行幾冊吧。看到客戶對我們的工作抱有期待，會更全力以赴去回饋他們的支持。對於編輯的技巧，目前我還在磨練中，至少我熱愛著這份工作，有如以「愛情」相待，用心做到最好。

初次擔任編輯，是爲「Laforet」的免費刊物工作，那時候我大概三十歲。沒有專門學習過甚麼編輯技巧，也沒有相關工作經驗，突然有這類工作的邀約，令我很驚訝呢。我自己也不太清楚對方爲甚麼會選擇我，但我自問看過不少雜誌，可說閱歷豐富，就這樣讓我成爲了一年四冊免費刊物的編輯。我記得初時到處碰壁，也不知道要如何實踐，一開始時不懂得如何蒐集資訊，攝影和取材方面都像盲人摸象。現在回想，我那種程度的工作水平竟然能夠獲得這麼多人協助，眞是全賴身邊人才能夠做出不錯的成績來，這份工作的得著，對我來說實在是太奢侈了。之後，我再參與過多個時裝品牌季度集錄的編輯工作，有「IENA」、「EDIFICE」、「Rouge vif la cle」等。每次工作我都傾盡全力，每次結果我都不盡滿意，直至現在我還是孜孜不倦地學習中。

肯下工夫與積極投入

做創作，最基本就是要「肯下工夫」。即使是多麼簡單的工序，如何以最有成效、最漂亮、最愉快的方法來完成，講求的就是「肯下工夫」。如果不得要領，便很難做出質素來。而「肯下工夫」的本身，就是一種對創作的追求態度，本質上就是會令人感到無比快樂。只要「肯下工夫」，就會有新的發現，而那個新發現，就會成爲原創。

還有一個重點，就是要「積極投入」。即便世間都認爲你在做創意工作，然而一旦覺得是被迫去做的話，便會失去創意。請以自己最享受的方式去做，主動積極地去面對挑戰，保持這個態度，這是做出創意的最基本。

創意跟特定的技術或秘訣無關，最重要的就是「肯下工夫」和「積極投入」。所謂的「作品」，指的就是「肯下工夫」和「積極投入」而達致的結果。無論是撰寫文章、製作影片、設計或繪畫，都是同一道理。姑勿論別人對你是否認同，但在於你自己而言，你能由此發揮的創意，可能性是無限大的。

工作分配之奧妙、人際關係之應對

編輯工作中最有趣的部分，就是任務分配。我挺享受分配工作的過程，喜歡突破一般人的思維，起用意料之外的人。我有一份記錄了各類專業人士、物件及場所的清單，等著派上用場的機會。能夠認識到在各個領域中才華洋溢的人，維持工作上的聯繫，簡直就是神賜予我的恩賜。我欣賞一個人的時候會義無反顧，信念夠強烈的話，一定能夠傳達給對方知道，就是預想著可以邀請對方擔任甚麼樣的工作、能達到怎樣的效果，已夠令我雀躍不已。

倘若創作者答應了加入團隊，便要照顧好他們的需要，製造讓他們能夠自由發揮的空間。通常創作者不宜跟客戶直接溝通，因爲往往較難磨合，那麼通常我便會作爲中間人，聽取雙方意見，找出大家都同意的合作方向，這是最困難的一環，要弄清楚各人的立場，和處理事情的手法，以免影響團隊的工作氣氛。

在工作的過程中遇上爭拗是常有的事，譬如橫跨兩個月的工作計劃，期間難免出現不少狀況，處理問題是工作的一部分，只要沒有構成太大的影響，我都會坦然面對，更何況有時衝突反而可以增進團隊的感情。當然也有例外的情況，跟合不來的人一起工作，是辛苦的事情，我不能選擇客戶，但會細心挑選合作夥伴。

每項工作都是一次挑戰自我的機會，不過我盡量避免與人競爭。我不喜歡好勝角力，如果到了非爭不可的局面，那麼我選擇抽身，因爲卽便勝出了，也不會從中得著太多，競爭所帶來的結果，是互相傷害而已。我也不想因爲主觀的想法而作出翻天覆地的比拚。如果有比我更想做這份工作的人，我絕對會認爲對方比我更合適。與其以這份工作來較勁，我寧願退讓百步，不過就是百步而已，我仍然能夠看到他的背影，差距其實不大呢。

年輕時我試過魯莽地與人挑起鬥爭，結果無論是我或是對手勝出也好，都只感到空虛。戰爭不就是如此嗎？輸贏也好，最後所得到的，也沒大差別。無必要爲了工作而作出犧牲，甚至弄至遍體鱗傷。

工作是爲了令自己成長，每項任務猶如一堵高牆，讓人想方設法去跨越，逐漸累積經驗，每次成功跨過了，都感到幸福美好。我心想，如果在這趟人生中自己已克服過很多困難的話，那麼輪迴到下一世的時候，起點可會不一樣吧？總覺得能夠處於較高等層次呢。所以，如何過每一天，對我來說都很重要。雖然有時會終日無所事事，但絕不能忘記現在擁有的每一天，是多麼的珍貴。

甚麼是「最糟也最棒」？

最糟也最棒的道路

高村光太郎的作品中，有一首詩名為〈最糟也最棒的道路〉，這是我最喜歡的一首詩作，少年時代的我讀到了，心靈頓感得到了救贖。

當時，待在學校中，對所有科目都得要考獲八十分以上的成績要求，我感到喘不過氣來。雖然父母沒對我說些甚麼，但學校的整體風氣就是要拚了命學習、不容許不及格，這令我十分困惑。我對學校、大人和社會，都充滿疑惑，經常思考：「甚麼才是真理」？即使我直接向大人提問，卻沒有人願意正面回答、給我簡單直接的答案，就在這時，我遇上了高村光太郎的詩集。

把這本詩集介紹給我的，是一位中學時代很照顧我的人，那個時候我還未有閱讀習慣，他跟我說：「這不是長篇故事，很簡單易讀的。」與此同時，我有幸欣賞到高村光太郎的雕刻作品，打從心底裡敬佩，自然而然地也想去讀一讀他的詩集。

一看之下，我發現箇中有我一直在追求的「真理」！我終於找到了一直在尋找的答案，令我十分感動！當中尤其給予我力量的，就是那篇〈最糟也最棒的道路〉——「最糟也最棒」這句話寫得真好，這是絕不簡單的價值觀！

這首詩歌給我當頭棒喝的啟發。原來人生在世毋須甚麼事情都要求做到最好，有了這個頓悟，我心情立即輕鬆了不少。天下萬物不僅只有一個面向，看不見的側面也有其意義。有光便有影，所有事情不會只有最好，也會有最壞的部分，兩者需要取得平衡。任誰都會有著自己不認同的虛僞一面、弱小一面，竭力掩飾不讓他人看見的想法是錯誤的。

我們應該把世間的事物，包括在自己心中那好與壞的部分，都全部接受，這就是最糟也最棒的生存方式。好和壞都是自己，要學會跟兩方面的自己共處，這才是眞正的生存之道。不需要時常繃緊神經，儘管去接納最原本的自己，煩惱和痛苦的時候，以平常心面對。收穫得到這個啟發，是我人生中最大的得著。自此，「最糟也最棒」這句說話，成爲了我的座右銘。

無論是經營書店，或從事文字工作也好，我都希望保持著最糟也最棒的自己。假如總是要維持著自己從不犯錯的正直形象，一定很痛苦吧。我漸漸地也不要求別人做到最好，因爲無論任何人都會有缺點，而且有時候那個缺點反而是魅力所在，正因爲有不足之處，才可讓人看出事物的深度。

比如說在書店陳列的書，我不會只擺放被世界認同、獲得好評的書，那裡會有最糟也最棒的書。一本最棒的書，以不同的角度去看，也有可能是最糟的。也許就只有我這種輟學的邊緣人才會這麼想吧？我就是討厭完美的價值觀，我覺得世事不需要完美，而這個思想的轉變，幫我解決了很多煩惱。

大多數人都會著眼於自己的不足之處，或者缺點，然後費盡心思去掩飾或作出修正，以追求完美。我認爲這是不必要的，因爲那些缺點的反面，總有可取之處，並不是把缺點修補了就會變成完好無缺。人們不應該都只在意隱藏缺點，更應該懂得欣賞優點，把優點發揚光大，以彌補不足之處，甚至把缺點轉化爲優勢。

有人說讓孩子成長，就是多稱讚他們的優點，鼓勵他們欣賞自己的長處，這是歐美與日本教育手法之不同，也是日本教育制度的盲點。

尋找瑕疵，還是發現魅力

從事編輯工作，令我體會到，當你把手上大致完成的工作交給客戶過目時，大家都總是會先去找瑕疵，認爲只要把錯誤改好了，就會成爲好作品。如果那關乎公司的信譽，又或影響到作品的功能，當然不得不改，對我來說，修正問題是工作的基本。

「這裡做得不錯，請把這部分再完善一下吧。」這句話代表對我的能力的認同，而且認爲我有繼續進步的空間，聽到令我很鼓舞。不過，令人懊惱的是，卻沒有甚麼人會說出這樣的話來。把好的地方延伸，做出更好的東西，有這個想法的人委實不多。通常就是把事情做到八十分吧，沒有人會要求你做得更好，更甚是會向你抓錯處，令原本值八十分的作品扣減，變得平庸乏味。

我不認同這種態度，如此無法創造出令人留下印象深刻、具有魅力的優秀作品。不管是看的人或是創造的人也無法成長。追求完美是沒可能的，事實也證明完美的東西並不存在，然而最糟與最棒的平衡十分重要。

無論對人或對事，我都不抱有過高的期望，這不代表我冷寞，而是因爲缺點可以無傷大雅，任何物件都會損壞是正常不過吧，人們卻意外地對此大費周章。

瞄一眼就看到的東西就是全部嗎？當然不是。書本、設計、藝術也如是，眼睛能夠看得到的都不盡是全貌，通常只是看到一小部分而已，這裡面有更大的部分，且看你如何去去發掘。真正最好的部分是不會這麼輕易讓你發現的。那麼要怎樣才能抓著這個隱藏的部分呢？努力去尋找那些看不見的地方，就是我給自己的課題。

從高村光太郎的詩集裡獲得啟發，使我能夠更坦然地去接受、也更加珍惜，那個不完美的自己。

擁抱孤獨

我有一把使用了將近二十年的瑞士軍刀，刀鋒已磨損，但因爲用途多又便利，所以旅行時一直帶著。然而，前陣子搭飛機去法國的時候，誤將軍刀放進手提行李，在安全檢查時給搜了出來。職員問我想怎麼處理，我回答說：「請把它丟掉吧。」明明是我一直愛用的東西，關於那把刀的故事足夠讓我寫十幾篇文章，我卻這麼輕易放棄了它。也許會有不丟掉的處理方法，但當時我就只有這麼一個念頭——跟它分離的時刻到了，就順理成章地接受失去吧。

別人或會覺得我太過冷漠吧，對人和物都不著緊，不喜歡糾纏，這大概是因爲我已習慣去接受生活中一切事情的發生。比如說在某個時候我可能需要和家人分離，沒有人能預測將來，「失去」在人生中是不能避免的。倘若如是，那麼人生在世，便需要接受孤獨。

人到最後，只剩下自己，任誰死亡時都是一個人。孤獨這件事並不是那麼特別，應該要以平常心、當作理所當然的事去看待。如果不能接受「人生是孤獨的」這個最基本的生存法則，會令自己很痛苦，害怕失去的悲傷只會傷害自己。我認爲人本身就是孤獨的，最終很多事情都需要一個人去面對、思考和決定。人有了這個覺悟，才能夠與他人相處。

有時我會想：「如果五年後我死了，會怎麼樣呢？」我能無悔地死去嗎？我對自己子女的要求是，即便我不在身邊，他們也要好好活下去，我一直致力把他們培育成意志堅強的人。

拒絕面對很簡單，但這樣的人生永遠無法前進。要有胸襟去接納一切，對所有事情都抱著開放態度，嘗試踏出第一步是關鍵。比如說，最令你討厭的上司，如果你只是不斷抗拒的話，關係是不會改善的。

試著敞開心扉，坦然地接受和嘗試理解他人，然後表達自己的想法，不然就永遠無法溝通。我曾在工作場合中碰上說話沒有邏輯、前後矛盾的人，但我還是認眞地聆聽、試著理解，也許可以由此發現別人更深一層的意義、其隱藏著的眞正意圖。

從小開始，我就有這種思考模式。年少時想不通，爲甚麼大人的想法會跟我不一樣呢？用我的角度去看待事物明明更好吧？當時的我會衝口而出。這近乎是與生俱來的想法，驅使我在十多歲的時候，隻身前往美國。我嘗過孤獨的滋味，曾經感到自己沒有存在意義，也爲自己的無能爲力而痛心。當然我身邊有很多幫助過我的人，但面對孤獨，我就只可以靠我自己，沒有人能夠把我從中拉出來。親身的感受使我更加了解自己。

從美國回來時，身上現金不足一萬円，前路茫茫。我有兩天到公園飲用免費水源撐著過去，但恐怕第三天就要體力不支倒下來。我四處張望，看著身邊帶著的日用品和衣服，想著就把這些東西都賣掉吧。那時正值新年，我去到高圓寺的商店街，就地擺攤。那裡聚集了很多年輕人，他們對我所展示的東西都很感興趣——「這個多少錢？」「這個的話，五百円。」這些都是我在美國買到的雜貨和二手洋服，本來是我的珍藏，但因爲連吃飯也沒錢了，別無他法，只好拿去變賣，想不到都順利地全部賣出了。

即便是如何珍而重之的東西，到了生死關頭，都可以變成隨意丟棄的廢物。我豁出去了，生存是首要條件，不能吃下肚的東西是沒用的，我毫不猶豫地賣掉有如破銅爛鐵、已經不重要的物品。就是從那時開始，我對身外物不再執著，無牽無掛的。後來經營書店，我也沒有自己的藏書，也不留庫存，這個習慣便是如此得來的。

與神同在的意義

我沒有信仰，不屬於任何宗教，但我相信神明的存在。神一直在守望著我們，祂並不會特意爲我們做些甚麼，就只是一直看顧著我們。我曾說過不介意孤獨，這也許是因爲我知道神明一直與我同在。我不清楚這跟普遍認知的神的定義是否相同，但我能感受到祂的存在。

有沒有試過因爲身邊空無一人而做一些脫軌的事情？因爲沒人看見所以就有覺得沒關係的想法？眾目睽睽之下不會做的事情，在只有一個人的時候就輕易做出來了？相信每個人都會有這種經驗，例如說在路上亂拋垃圾。不過，無論人在哪裡也好，在陌生的街道上，沒有可住的地方，抱著不安的心情蜷縮街角時，神明也一直在看著你。我不奢望神明會爲我做點甚麼，只希望祂在遠處默默地守護著我。

人爲何而生？我認爲是爲了提升自己、令自己成長。活著就要不斷面對難題，努力解決，經歷人生。神明會在我們解決一個課題之後，指引我們去挑戰下一個課題。

當感到艱苦，或發生意外之時，如果選擇逃避，同樣的問題總是會不斷地發生。付出努力去克服的話，直至我們能夠跨越爲止，神明就會給予小小的獎勵。沒有絕對跨越不了的高牆，人生就是這樣需要不斷跨過一關又一關的難題。我認爲人本身不會無緣無故地成長，在你不以爲意的時候，難題就會來到，但這些難題之所以出現，不是毫無原因的，都是因你的自身而來，不是他人的責任，你只能怪罪自己。

給我們安排這個旅程的是神明。幫助我跨越難題的人，有身邊的家人和朋友。每逢絕境，也定必會有奇蹟般出現的契機使我堅持下去，例如克服困難的意志、別人給予的鼓勵。而留下這些奇蹟的，也許就是神明，就像高村光太郎的詩拯救了我一樣[1]。

1／相關內容可參閱本書〈最糟也最棒的道路〉一文（頁098）

無所事事的功用

我認爲算命的結果是能夠改變的，卽便卜卦是多麼的惡劣、星象排行有多差勁，都能夠用自己的意志去改變。人面對自然定律有時候是無力的，但人的意志和信念卻可以十分強大，倘若能夠積極面對所有事情的話，就能發揮強大的作用。因此，「正向思考」（positive thinking）也不是全無道理的。卽便事情走下坡，只要有積極信念，就有扭轉的餘地。也有人說這跟「生理節律」（biorhythm）有關，但我認爲並不盡然。在最放鬆的狀態、最忠於自己感受的時候，就能理解到「最糟也最棒」這句話的眞諦。

無所事事的時間也是有意義的。人們總認爲終日遊手好閒、不務正業是無益的，其實這也有用處，因爲與之相對，就會有埋頭苦幹工作、廢寢忘餐學習的時候，所以我並不認爲無所事事特別羞恥。漫無目的地在街上探索，途中所看所想，說不定對以後會有幫助。

我很熟悉阿美橫丁一帶，以前曾經試過從阿佐谷步行至上野，一整天流連在那裡。總路程大約五小時，在無所事事的日子就這樣閒逛。步行途中觀察不同的事物，獲得很多靈感，也正是因爲有這種遊手好閒的經歷，讓我對神保町和秋葉原一帶變得熟悉。現在我能夠撰寫有關那些街道的文章，全靠那時累積得來的經驗和知識。百無聊賴的日子可能會令人感到不安，但只要向好的方面去想，便能夠有效地運用那些時間。

這樣說也許會有人覺得我不可一世，現在的我跟以前相比，並沒有很大的變化。忙碌的時候忙碌，沒事兒就想到久違的橫濱去看看，一整天在那邊閒逛。不過，頻繁的程度跟以前就不一樣了。我一邊走路一邊思考今後自己可以做的事情，應該怎樣才能發揮自己最大的功用來回饋社會。

目前我在經營書店和撰寫文章，不過三年之後境況又或會改變。我會把眼前的工作盡力做到最好，同時思考前進的方向。遇到甚麼也好，都試著接受，只要不停下步伐，就會有新發現。要是一開始便推卻，便會錯過很多邂逅，對於不確定的工作也會仔細研究是否適合自己，藉此擴闊視野。

當你接觸愈多工作，收穫便會愈多，但自然也需要面對愈大的風險。卽便是辛苦，也是有意義的，因爲經歷過的辛酸，一定會在某個時刻化爲自己的優勢。秉持著「最糟也最棒」的生存方式，卽便結果未如理想也沒關係，最重要的是保持平衡的心境就好。

標準與創新

《Life》

剛開始經營書店時，我專門蒐集西洋美術畫冊和懷舊雜誌。現在回想，當年自己爲了更深入了解這範疇的知識，曾經是如何學習、受到甚麼的影響。

對於攝影，最初我參考了《Life》雜誌。《Life》於一九三六年創辦，當時登上創刊號封面的，是著名女攝影師 Margaret Bourke-White 所拍攝的水壩照片。那是一個沒有電視、收音機也還未普及的年代，傳播媒介主要就是報紙和雜誌之類的文字媒體。而《Life》則是世界上第一本嘗試以照片去報道時事的雜誌。

它不以文章作闡述，而是用照片去表現，翻開雜誌就能看到臨場的震撼感，《Life》就是以這個方針製作。以往，照片是單純的記錄工具，用作拍攝紀念時刻或者建築物景。《Life》則使用照片來記述人民的日常生活。很多有名的攝影師踏遍世界各地，就是爲了能夠拍下會被刊登在《Life》的照片。照片採用與否，由《Life》決定，但爲了培育攝影師，《Life》都願意以高額買下照片。

我在美國時，花最多時間研究的就是這本雜誌。以前的《Life》很容易入手，數量多，價錢便宜，在路邊經常都看到寫著「尋找你出生日期的《Life》」的陳列牌，只要跟對方說出自己的生日日期，就能找到同一天發行的雜誌賣給你。

我就是從《Life》首次認識到「專題攝影」和「攝影記者」的概念，不是從沉悶的理論，而是透過觀看眞實的照片而認識到。卽便沒有文字，像連環圖般把照片排列起來，就能把事件發生的現場狀況如實呈現。因爲見識過開創這門專題攝影之一的 William Eugene Smith 等現在被譽爲大師級的攝影師們的作品，作爲一名記者透過攝影去作出報道，令我學習到照片的美感、意義和可能性。

《Life》的發行在二戰期間亦從未間斷，銳意把戰爭現場血淋淋的實況呈現。因爲是美國的雜誌，報道角度較偏向美方，但以我看來已經算是比較中立，能夠做到平衡報道。不單止是報道新聞，也有時尚、文化等與人民風俗有關的內容，把那個時代的氣氛和眞實姿態以照片呈現，這就是《Life》雜誌壓倒性的優勢。一九五〇年代以後，電視開始普及，新聞便理所當然地以影像去傳播，《Life》的讀者遂減少下來，卽便如此，它的照片還是那麼震撼人心。事實上，有很多出色的作品以及有名的攝影師，都是從這本雜誌發表而發跡，從中受益匪淺。

《Life》奠定了我欣賞照片作品的基準，倘若你問我最喜歡的雜誌是哪本，我一定會答《Life》。如果說目前還在發行的話，就是《National Geographic》。我很欣賞這種能夠充分利用照片的威力來傳達眞相的雜誌。正因爲照片的力量如此強大，設計排版變得比較不重要，因爲照片本身就是版面。

爲甚麼雜誌的名字叫做《Life》呢？因爲它如實地記錄著地球上各種生命的姿態，沒有別的名字比這個更適合了。《Life》於我來說是教科書般的存在，一本偉大的雜誌，令我想學習裡面記載的所有知識。

《Harper's BAZAAR》和《Vogue》

排版和平面設計方面，我主要從《Harper's BAZAAR》學習。《Harper's BAZAAR》是一本歷史久遠的雜誌，從一九〇〇年代末開始發行，於一九三五年由 Alexey Brodovitch 擔任美術總監，自此形象一新。此前的封面主要是由一位名爲 Erté 的時裝插畫師擔任設計，富有裝飾派藝術的風格，到了 Brodovitch 便進行了革新。

俄羅斯出身、繼承了俄羅斯現代藝術風格（Russian avant-garde）的 Brodovitch，於法國巴黎期間開始嶄露頭角，後來獲《Harper's BAZAAR》聘任爲美術總監，自此事業據點便轉移至美國。同樣也是俄羅斯現代藝術風格代表的 Alexander Liberman，則諷刺地成爲了競爭對手《Vogue》的美術總監。

Brodovitch 擔任《Harper's BAZAAR》美術總監至一九六〇年代後期，雜誌由他帶領下，每翻開一頁都可飽覽極致驚豔的美感，以我見識過雜誌做出高度水準的模範，就是這個時期的《Harper's BAZAAR》了。五〇年代堪稱爲 Brodovitch 事業的全盛期，其影響力在業內無人能同日而語。雜誌由他全權負責後，他頻繁地起用一些當時還是寂寂無名的新進攝影師和時裝顧問。

例如攝影師 Richard Avedon 和 Robert Frank 便是由他發掘的。他們原本是拍攝生活照片的攝影師，Brodovitch 特意讓他們拍攝時裝，當時有人批評，沒有拍攝時裝經驗的人不能勝任這份工作，但 Brodovitch 認爲，每日在街頭拍攝流氓百態的攝影師，只拍一、兩位模特兒的話又怎麼可能做不到？他的見解和創新，都展現在雜誌裡面。Brodovitch 看待事物的觀點，對我有著深遠的影響。

《Harper's BAZAAR》不單止是一本時裝雜誌，也成爲了把歐洲優秀文化傳道給美國的媒介。例如歐洲畫家畢加索（Pablo Ruiz Picasso）和馬蒂斯（Henri Matisse），美國人就是經由這本雜誌認識他們。此外，美國本地也給發掘了不少有能之士，如著名藝術家 Andy Warhol，還有多位在雜誌登場的攝影師、插畫家和藝術家等，都非常優秀，讓我透過這雜誌對他們多加了解及關注。

Brodovitch 在《Harper's BAZAAR》所做出的成就，看在我眼裡都新鮮的、刺激的，自他引退後的《Harper's BAZAAR》、又或其他時裝雜誌，都無法再給予我這個衝擊，我打從心底裡對他佩服。我本以為時裝和藝術是兩個世界，就是這本雜誌讓我知道這兩個領域是相連的。五〇年代的《Harper's BAZAAR》展示了排版設計也能作為藝術的一門，流芳百世。這本雜誌就是一座寶山，令我受益良多。

Alexander Liberman 打造的《Vogue》，是一本追求時尚高雅的雜誌，跟《Harper's BAZAAR》的現代藝術風格不同。Liberman 比 Brodovitch 的任期更長，至八〇年代，在他的審美角度率領下，雜誌長久以來展現出典雅的高貴感。

要說《Harper's BAZAAR》的代表攝影師，就是 Avedon，而《Vogue》的則是 Irving Penn，他們都以對方為競爭對手而不斷創新。把衣服穿在人體模型身上看來本應都是一樣的，但經過 Brodovitch 和 Liberman 各自的指導下，佐以攝影師的技術，便能展現截然不同的效果。兩人的創新設計和藝術方針，造就了俄羅斯現代藝術風格的全盛期，二人同樣都獲得高度評價。

對於時裝專業我並不在行，但如何表現服飾最美的一面、又如何展示時裝的多元性，我就是從五〇年代的《Vogue》學到的。

總括而言，《Harper's BAZAAR》和《Vogue》這兩本雜誌，都是我對時裝的啟蒙天書。

我的三大懷舊雜誌

在紐約的日子，我接觸到的歐洲雜誌，讓我獲得不少啟發。紐約匯聚了來自世界各地的人，看雜誌的種類就知道了，例如法國雜誌《Minotaur》。這本舊雜誌是數一數二價值連城的稀有品，記載了三〇年代當時最前衛的超現實主義藝術家作品，只發行了十五期，內容充實，曾經舉辦過「Minotaur 展」。又例如法國作家 André Breton，我不是在教科書中認識他的，而是從二手書店發現到的。我不會英語，當看到書中的相關介紹，便先記下作者名字和作品，然後再找來字典，查看翻譯作了解。

每次在二手書店發現到甚麼，我就會記下關鍵字。還有時裝文化雜誌《FLARE》，這是五〇年代花了龐大資金去製作的雜誌，只發行了一年。雜誌的設計藏著很多機關，例如封面運用了多邊形裁剪，讀者可以透過剪去部分位置來窺探雜誌內頁，跟十年前發行的《omnibus》同樣獲得高度評價。

另外，《PORTFOLIO》是 Brodovitch 自資出版的雜誌，他把在《Harper’s BAZAAR》

未能表現的概念全部發揮在這本平面設計雜誌上，一共發行了四期，裡面一個廣告也沒有。

要數我心目中三大懷舊雜誌，就是《Minotaur》、《FLARE》和《PORTFOLIO》了。我讀不懂內文，只靠翻看版面和搜索目錄，來查看自己感興趣的作品或藝術家。我從中大量閱覽學習，這些雜誌教曉我很多東西，爲我的審美觀奠下了基礎。這對我現在從事的工作有極大的幫助，在我需要運用不同的作品表現方式時，提供了參考，是我找尋靈感的寶庫。

看懷舊雜誌的得著

現代的時裝設計師、平面設計師和攝影師，他們都直言不諱，受過優秀的懷舊雜誌所薰陶，各自消化然後衍生出新的作品，這並不是抄襲，而是向那些雜誌致敬。在美國，人們都說，只要擁有一本一九五〇年代的《Harper's BAZAAR》，就能注滿一年的創意靈感呢。

在日本的設計行業，業內人士都有收集懷舊雜誌的習慣，但一般大衆較少機會接觸，我經營書店的其中一個目標，就是希望讓更多年輕人看到這類雜誌，認識到當年這些雜誌的出現，如何影響了現在的設計和排版，我自己就是因爲大量看過這些雜誌和美術畫冊而獲益良多，也很想更多人受惠。

雜誌每月發行一期，壽命只維持一個月，但這樣的出刊模式，能確保每一期都介紹最新的事物，讀者逐期追看，便可不斷獲取資訊。懷舊雜誌跟名家畫作不一樣，不容易獲得世間的評價，但卻有其獨特的存在角色，帶給人們獨有的啟示。

至於最好的學習方式，就是親眼多看，我由此認識到有關攝影、時裝及設計的歷史，從觀賞作品而了解更多，並建立了自信，並不是在自吹自擂，我對自己擁有的知識滿有自心，能夠接觸到一般人未知的領域，那滿足感和充實感，都激勵著我再去學會更多。

年輕一輩看海外雜誌，也許只抱著追趕潮流的心態，即便沒看得仔細也無妨，稍看一下也是好的，總能從中得到甚麼的啟發。儘管去看看雜誌上在做甚麼主題特輯、有哪位人物登場等，一邊查字典、一邊看目錄，既可自學相關知識，也好好享受閱讀的樂趣。

下一個課題是「技術」

我藉由閱覽大量懷舊雜誌，建立了時至今日看事物仍持憑著的審美標準，不過到了最近，想法開始有變，覺得不應再只是依賴過往建立的一套。

以前我會傾盡全力去發掘別人不知道的情報，然後盡力傳遞出去，不過如今心態上有了轉變，物質生活對我的吸引力大大減少了。還記得，自己第一次去到二手書店時相當興奮，還搜購了很多書本。而現在，我已沒有了以往那種往外尋尋覓覓的勁兒了，也不是說已經厭倦了逛書店，但對於自己的工作是要不停地輸入，一直尋覓新鮮感已變得興致缺缺了。

客觀而言，我覺得現在的自己，最欠缺的、最需要的，是工作技術上的精進。昨日的我，自信靠著經驗和直覺，做事絕對不會輸給任何人。可是，往後發展下來，倘若要繼續在行業內取得突破，這會成爲我的限制。現在我需要致力磨練自己的技能，例如寫作能力和編輯技巧。以往只單憑興趣和感性便向前衝，我希望以後可以提升技術上的掌握。

經營書店亦如是，如何持續營運，是一門學問。最初我向別人賣書，只憑滿腔對書本的熱誠，認爲只要是好書，客人就會欣賞而買下。然而，長此下去，漸漸地形成了局限。

既然是開了一間書店，經營者就有需要不斷找來好書，這是不可避免的責任，可是當想到要持續一輩子地做這件事，我感到困惑了，不斷找書，我這樣子的存在，未免太可悲吧？在書店偶然跟好書邂逅，當然會感到高興，但需要持續不斷地這樣做，這個運作方式開始令我感到痛苦。當然世界上還有很多我尚未知道的優秀好書有待發掘，倘日後有機會給我遇到，我當然樂意推介給更多的人。但我不願意看到書店的操作就只有這個模樣。

書店經營久了，難免發現手法不夠成熟，需要作改進，再走向下一個階段。我希望能夠取得平衡，做好經營的基本，這是我目前正在學習的課題。我會不厭其煩地尋找提升經營水平的方法。

「COW BOOKS」的誕生

一間書店能夠備受推崇，箇中有很多原因，我認爲能夠長期經營下去的書店，都特別值得敬佩。在巴黎有「Shakespeare and Company」，紐約的話就是「Strand Book Store」。能夠長期經營，證明這書店的存在並非只靠流行。現在由我所經營的書店也許正被視爲流行的一部分，但我希望能夠證明它不僅是流行而已。而爲了達到這個目標，我覺得首先要擺脫「select shop」（選物店）的經營方式。

「m&co.」一直以來的市場定位，就是以「松浦彌太郎挑選出來的書籍」作爲賣點。倘若將來我不在了又怎麼辦呢？我心目中的理想書店是，即便是我不在了，也能夠持續地經營下去。所以，經營的學問便更加重要了。我把這個研究課題投放到新開設的書店——「COW BOOKS」[1]上。

我曾經和日本時裝品牌「GENERAL RESEARCH」的創辦人小林節正先生討論過，希望經

1／二〇〇二年

營一間能夠影響下一代的書店。首先，要從書店應有的角色和定位著手構思。書店不應該只成爲一間羅列大量書籍的商店而已，我認爲這間書店應該經常集合大量情報，能從中激發出新思維，然後發揚光大。我希望書店在社區體系中是不可或缺的，不單止是書店，而且能作爲街區的一處「核心站」（key station）。說到所謂街區的「核心站」，大家也許只會想到便利店吧，那樣眞可悲呢。

總而言之，我希望能夠開設一間在社區之中帶來功用的書店，人們進入其中就能獲得想知道的資訊，裡面會有很多鼓舞人心的書本，能夠爲人們打氣。在這樣的書店裡，書籍種類會比以前「m&co.」較少，應該不會陳列有關次文化和美術畫冊之類的書種，雖然沒有稀少書刊，但會有很多快樂的書本。如果想找珍貴的藏書，不應該到這間店來，要是想看令人心情愉快的書，那麼你就來對了。

我打算讓「COW BOOKS」有出版功能，也會賣由自己創造的書。即使不是正式的裝訂本也好，自行印刊的都可以嘗試。

我的目標是在日本開一家像是三藩市的「City Lights Bookstore」，這間書店也是由兩人合辦的。儘管只是一間小店，我也希望能夠展示出書店的新功能，從這個小小的試驗開始吧，走過十年、二十年，然後人們會記得這個新風氣是從哪一間書店開始的。我明白這個目標不會在一、兩年之間便實現，也不光是靠金錢就能打造，可能需要三十年、五十年，甚至一百年才成功，小林先生也同意我的說法。

我們的目標是持續經營。說實話，我和小林先生應該都不會活多過三十年左右吧，不能一直經營「COW BOOKS」，姑勿論這間書店能否持續這麼久吧，無論如何，我們的目光不會局限於這三十年，會放遠一些，描繪更宏大的理想藍圖。我希望能夠有新一代去接棒，有年輕人願意繼承，即便我看不到將來的結果也沒關係，只要由我們來作開始就好了。世代交替之間，書店的經營理念可能會有改變，但只要是爲了讓書店繼續生存下去，變更也無妨。倘若這間書店能夠在中目黑建立其獨特的地位，我便心滿意足。

至於流動書店還是會繼續經營，因爲流動店和實體店一同存在是最理想的。

開設「COW BOOKS」的目標，是爲了實現我們心中所想的「自由」，這是一個夢想計劃，但也不僅是夢想而已，我想證明，這是能夠實現的事業，而且是可以持續的。在泡沫經濟的年代，大家曾經都有很多念頭，但都很短暫地就消失了，一想到有人如是說：「做自己喜歡的事是不能長久的。」便感到洩氣了吧。我卻認爲，正因爲身處在這個時代，我們更需要有理念和夢想。究竟自己能夠爲下一代做些甚麼呢？這是我一直費煞思量的問題。我希望能夠實踐這個信念，然後留給下一代。

無論是作爲一名文字工作者、又或是書店經營者也好，我都會一直追夢。難得我在這兩方面都有點成績，我會繼續做下去，留下自己的足跡。就像大自然的循環定律般，有種子成熟了，落在地上，然後長出新芽，開花結果，即便綻放的花朵之後枯萎凋謝了，都會爲下一代留下種子，然後種子又隨著環境的變化成長，形成美麗的自然循環。以後任何事情，我都會以這個概念，去作考量和行動。

GO！地圖是自己走出來的

倫敦

早上睡醒，陽光從窗簾罅隙間穿透進來，像是畫筆繪出的七彩線條，投射在床鋪上。我避開耀眼的光線，在床上轉過身，把臉埋到枕頭裡，聞到一股淡淡的尤加利香。睡眼惺忪的，又抬頭看向天窗，仰望著倫敦的藍天，晴朗無雲，高空中一架小型噴射機掠過。

淋過熱水浴，來到位於一樓的大堂，早餐已經準備就緒。這次在倫敦的住宿，我選擇了位於Baker Street的B&B。「早晨。」在這裡工作、名爲Medina的女侍應跟我說。我也回了她一句早晨，然後找個位置坐下來。桌上放著幾種麵包和果醬，還有乳酪、粟米片和水果等。Medina把熱氣騰騰的咖啡倒入馬克杯，放到我面前，說：「今天精神好嘛？」在外國這是常見的打招呼方式，旅行時有人這樣跟我說話，內心不期然溫暖起來。但我的英語水平只夠我回答：「謝謝，我很好。」Medina抱一抱我的肩膀，說：「那就好。」然後問：「你是從哪裡來的？」「東京。」「我也很想去東京旅行……」Medina瞇著眼，看看窗外。不知道她的故鄉是哪裡？從名字猜想，可能是阿拉伯地區。我們同時茫然地看著窗口，然後「叮」的一聲，烤好的麵包從多士爐彈出。

我們回過神，默默地對視微笑。這就是我在倫敦的一個幸福早上。今天，我要出外走走，在街上到處探索。

在Brick Lane有一間被譽為倫敦第一好味的貝果店，名為「Beigel Bake Brick Lane Bakery」，這間小店遠離繁華街道，位於紅磚頭建築物之間，是二十四小時營業店，所以無論是半夜還是清晨，都能夠吃到即場炮製的貝果，真是多麼幸福的一件事！要選甚麼味道好呢？肉桂提子乾？還是芝麻？突然很懷念在紐約時，每朝到West Side的「H&H」買貝果的日子。

製作貝果冒出的蒸氣讓櫥窗一片白濛濛的。終於輪到我了，一看餐牌，上面只寫著「貝果」。「請問貝果有甚麼選擇？」我問。「只有一種，原味。」一位在店前忙得不可開交的嬸嬸回答。「那麼……給我兩個。」無可奈何之下點了餐。啡色的紙袋中，放著兩個細小的貝果，拿在手中仍是暖烘烘的。兩個貝果只需三十便士，十分經濟實惠。我好奇地探聽排在我後面的年輕女生點吃甚麼。除了貝果外，她還選了幾款餡料！原來如此，這裡都是把貝果當作三文治的。

我趁著其他客人剛好完成點餐之際，跟店裡的嬸嬸再說：「那個……請問可以把它做成三文治嗎？唔……把它稍為烤一下，夾點生菜、番茄、酸瓜和芝士，再加上蛋黃醬。」嬸嬸沒有把我手中的貝果收回，直接依照我的要求重新製作了一份給我。然後，我立刻咬一口剛做起的貝果三文治。外脆內軟，很是美味，配搭新鮮的蔬菜，口感絕倫。「眞好吃呢！」我說。嬸嬸點頭微笑。我接著說：「這可能是世界第一的貝果！」「花言巧語，這也太誇張了吧。」嬸嬸大笑。就這樣，我發現了倫敦第一好味的貝果三文治。

~~*~*~*

沒有比一直要跟著別人走路更不幸的事了。即便不知道目的地，我還是會選擇走自己想走的路。在喜歡的車站下車，沿前面的路走，感受街上的氣味和途人的變化。看到有些街道似乎通往偏僻的地方，左轉右轉，穿過橫街，還是迷路了……這樣漫無目的地整天到處逛，有時不知怎的，會回到出發的車站。不過，只要掌握好那個地區的規模，就可以隨心遊走在街道之間，從中發現新事物。這個遊覽方式，是我在這趟倫敦之行體驗到的。

走到位於 East End 的 Brick Lane，這個地區的大多數居民，都是從孟加拉來的移民，於十七世紀，當時法國加爾文主義者，又稱爲「胡格諾派」的抗爭者，他們避難來到這裡定居。貫通Brick Lane的Fournier Street上，有一座見證歷史變遷的基督教堂，於十八世紀落成，起初是胡格諾派抗爭者的教堂，之後成爲了愛爾蘭循道衛理公會教堂，再後來又變成猶太人教堂，是一座隨著時代和居民族類而演變、獨樹一格的宗教建築。這種自由特質，正是Brick Lane的魅力所在。

Brick Lane是倫敦有名的散步道，由於房租廉宜，很多年輕藝術家都相繼搬進這裡居住。街上滿是本地特色的餐廳，也有很多樸實舒適的店舖。這裡最大的吸引力就是美食，尤其是孟加拉咖喱，令人回味無窮。

~~*~*

步出Liverpool Street車站，穿過Spitalfields隧道，繼續往Brick Lane走，今天是星期日，街上正舉辦週末市集，到處都是露天攤位，擺賣各式各樣的貨品，感覺很像阿美橫丁[1]。悠悠地走過市集旁邊的Brushfield Street，那裡有多家歷史悠久的咖啡店和酒吧。在Commer-

1／位於日本東京都台東區的商店街

cial Street的交通燈過馬路後，便到達Brick Lane。

最近這邊陸陸續續開設了不少二手服裝店、唱片舖及選物店等，吸引了一批對潮流觸覺敏銳的年輕人聚集。

倘若你問我在Brick Lane最喜歡的店子是哪一間，我腦海會立刻浮現位於Princelet Street的「Story Deli」。驟眼看會以爲這是一間麵粉廠，因爲裡面堆積著一袋袋麵粉。店內放了幾張古董原木板桌（就是日本燒肉店常用那種），周圍隨意放置著餐廳營運用到的物資和道具，牆身掛了多面巨型鏡子，客人的座位是以紙皮箱製成、外形簡潔的小櫈子。除了飲品外，也有沙律和薄餅等供應，廚師在二樓的廚房烹調，然後將食物送到客人的桌上，是一間天然、開放式的咖啡店。甜品和食物不用碟子盛載，而是放在像砧板那樣的木板上，是這店子的一個特色。

我曾在一個炎夏到訪這裡，那時看到一位穿著性感的年輕女子津津有味地吃著沙律，那姿態自然又美麗。在這趟旅途中，我成爲了「Story Deli」的常客。

~~*~*~*

倫敦對於旅客而言，是一個容易迷路的地方，每經過一個街口，就會發現街道名字跟之前經過的不一樣了，十分複雜，明明是一條直路，街道名字不斷改變，令我很困惑，也許熟習了就會記得住吧。有說在倫敦要取得的士司機駕駛執照是很困難的，也許這就是跟街道複雜的設計有關吧。

~~*~*

爲了讓被稱爲「工人街」的 East End 居民也能夠接觸藝術，那裡興建了一個試驗性質的美術館「Whitechapel Gallery」。我由 Liverpool Street 車站步行過去，卻不自覺地來到了泰晤士河，折返時意外地逛見英國有名建築師 Christopher Wren 有份參與建築的巨大紀念碑[2]，那高塔就屹立於商廈林立的街道之間。

「Whitechapel Gallery」位於 Aldgate East 車站旁邊，是一座大小適中的美術館，入場費全免（倫敦的美術館通常都是免費入場的），裡面有現代藝術品的展示，不時舉辦活動，二樓

2／倫敦大火紀念碑（Monument to the Great Fire of London）

的咖啡廳定期有現場音樂會，這個自助式咖啡室客人不多，眞是一處不爲人知的好地方。從咖啡室的窗戶可以看到旁邊那家書店兼出版社「Freedom Press」，我本想到那裡看看的，怎知又迷路了，卽便只想前往建築物旁邊的店鋪亦未能如願，可能這就是倫敦，感到有點失落，但也無可奈何。

偶爾經過的櫥窗前，看到裡面擺放了一個被畫上粉紅花紋的骷髏頭骨，走近一看，原來是年輕藝術家的作品，窺探店裡，還看到有一隻以漂亮的蕾絲綁上蝴蝶結的烏鴉標本。這間獨特的服裝店名字是「Luna & Curious」，打開門走進店裡，女店員爽快地跟我打招呼。店內到處都擺放著藝術品，貨品基本上是以女裝爲主，走到最裡頭才有些男裝。

店鋪雖小，但陳列了很多富有獨特美感的貨品，吸引人們駐足細賞。我跟店員交談後得知這裡是一年前開業的，是一家由八名創作者合夥經營的選物店，至於選址 Brick Lane 的理由，是因爲租金便宜，也覺得這區的風格蠻符合店鋪的形象。

我被一件藝術品吸引了目光，那是一枚手掌大小的木塊作品，這些木塊上面分別畫上了房屋、工廠、樹木、花草，還有人臉等圖案。店員跟我介紹，這是藝術家 Alex Higlett 的作品，名字很耳熟呢——記得一個月前，我給朋友的小孩選了一本名爲《Egg and Bird》的繪本作爲禮物，而作者就是Alex Higlett。我向店員確認：「Alex Higlett是畫繪本的嗎？」店員笑著回答：「是的，就是他了。」一枚小小的木塊作品價值二十英鎊，每一枚都那麼可愛，從中我挑了五枚。店員邊包裹貨品時邊說：「這是今天才剛進的新貨，你真是幸運！」意外地能夠在Brick Lane尋寶，我眞是私心的想把這間「Luna & Curious」藏起來呢。

~~*~*

我常被問到對倫敦二手書店的感想。實話實說，我認識不多，只知道大約有十間專門店售賣絕版攝影集和美術畫冊。在新刊書店看到一本《倫敦書店指南》，裡面介紹的二手書店只有寥寥數間，如此看來，倫敦二手書店的數目，可能相比東京和巴黎還要少吧。

穿過以巨型青銅獅子爲象徵的特拉法加廣場（Trafalgar Square），走上Charing Cross Road，便到達Cecil Court。說起倫敦的二手書店，一定得要到這裡來。大約一百米長左右的橫街，就聚集了約二十間二手書店，還有幾間古董店整齊地排列兩旁，如果你喜歡二手書，在這裡逛上半天都不會感到厭倦。

在 Cecil Court 有一間令我愛不釋手的二手書店「Red Snapper Books」，由一位名叫 Aaron 的青年打理，這裡專賣「Beat Generation」[3]作家的書籍，例如可找到美國詩人 Allen Ginsberg 和美國小說家 Jack Kerouac 的著作。此外，也有一九六〇年代的平面設計書、現代藝術集和絕版攝影集。「近來非主流文化逆襲。」Aaron 跟我說。倫敦近年興起了一股六〇年代熱潮，尤其美國嬉皮文化書籍，人氣高企，令 Aaron 店裡藏書的價值都上漲了不少。

我問他在倫敦喜歡哪家書店，他告訴我：「我喜歡的書店不在倫敦呢，一定要說的話，那就是在 Brick Lane 的『Eastside Books』，那裡有本地藝術家和地區性的書籍，是一間不錯的書店呢。」「那間書店，我昨天才去過。」我說畢，Aaron 立即笑著跟我握握手，然後再說一遍：「那間書店眞的很不錯喔！」

3／一九五〇年代末美國出現了被標籤為「Beat Generation」的族群，他們的生活貧困、潦倒，內心惶惑，對現實不滿，個性反叛、對制度抗議、不願妥協，帶著一種躁動不安的心理狀態。

紐約

我獨個兒在紐約，在那個被美國原住民稱爲「多山島嶼」的地方，迎來自己的二十歲生日。以月租四百美元，跟爵士樂酒吧「Birdland」的鋼琴師租用了一間位於 Broadway 七十三號的單人公寓，內裡大部分空間被一台三角鋼琴佔據了，不過睡在鋼琴底下的被鋪一點也不辛苦呢，反而覺得這種生活很有紐約的味道。那個夏天，本身收入微薄的鋼琴師住進了戀人在哈林區的家，而我便成爲了 Upper West Side 的居民。

每天早上，我都急不及待的，期待著在紐約充滿刺激的生活和工作體驗，及種種浪漫邂逅。我租用的公寓不時都要給騰空出來用作鋼琴教室，這是鋼琴師租給我住的條件之一，所以我習慣了太陽升起便往街上蹓躂。我很喜歡曼克頓的街道，那裡感覺上跟世田谷區[1]相像，踏遍曼克頓是我的目標。

我從 Upper West Side 出發，這一帶以往聚集了從西班牙來的新移民，現在則成爲了學

1／日本東京都西南部，為當地的高尚住宅區。

者型的 Yuppie[2]區。每次經過書店「Barnes & Noble」，或者經常有名人聚集的 Columbus 區的酒吧和餐廳如「O'Neill's」，人潮都絡繹不絕。我嘗試尋找那被稱爲「Bridge and Tunnel」[3]時代的影子，人們從橋樑和隧道蜂擁而至 Upper West Side 那昔日風貌。每次這樣走在街上，我的口袋裡定必裝著一個「H&H」的貝果。

~~*~*

一八八四年，「Dakota Apartments」落成，令 Upper West Side 地區迅速發展，之前這裡只是偏僻的、滿布石頭的空地。一九〇四年，地下鐵通車後，人流更旺了，吸引了很多藝術家長駐。

我最喜歡撫摸著「Dakota Apartments」那微微燻黑了的岩石外牆，幻想著當年的模樣。在我的住處前面，有一座被譽爲紐約最美麗的高級公寓「Ansonia Hotel」，它那雕刻的窗櫺非常精美，美國著名職業棒球員 Babe Ruth 和俄羅斯作曲家 Igor Stravinsky 也曾居住其中，我每

2／一九八〇年代初期出現的一個族群，「Young Urban Professional」的簡稱。
3／指來自紐約城郊的人，前來曼哈頓時需要經過大橋和穿越隧道。

天會到公寓旁邊、那位於 Broadway 七十九號的熟食店「Zabar's」買早餐。新鮮煮的咖啡和冬甩只需兩美元，我喜歡待在那裡的長桌，跟其他顧客一起享用。

「我還記得這裡剛開業的時候……」我聽著同桌的老婆婆說：「七十五年前，這附近沒有店舖，只有一處燈火亮起來，就是『Zabar's』。」

「Excuse me.」一把口音很重的男聲，來自一位黑人郵差，他抓起原本放在桌面上的《紐約時報》。剛才的老婆婆繼續邊咀嚼邊說話，可是她的聲線被城市早上的繁囂掩蓋了……

對我來說，每天早上到「Zabar's」收集天氣和時事等情報，即便只是短暫的時光，都令我感到自己對這個社區的本地意識提升了。

吃完早餐，走出店外，艷陽高照，我吸一口紐約的新鮮空氣。

＊～＊～＊～＊

我最擅長逛紐約的二手書店。

現年三十五歲的我，居住在東京，對紐約的生活久違了，不過爲了搜購二手書籍，每年還是會到訪紐約幾次。我在紐約最欣賞的書店，是位於 West Village 的「Bonnie Slotnick Cookbooks」，這是一間幾年前開業的二手書店，專門售賣烹飪書，店內裝修親切，來到這裡，就像到訪店主 Bonnie 小姐家中一般。在店裡，放滿印有鮮明插畫的懷舊烹飪書，就像一間古董店，令人樂而忘返。Bonnie 小姐曾於幾米以外的一間新書書店「Three Lives Bookshop」任職，本身對經營書店頗有經驗，「Three Lives Bookshop」被譽爲 West Village 的良心書店，所以她對自己曾在那裡工作也感到自豪呢。

Bonnie 小姐在書檯上放了幾個木造鞋盒，其中放滿了五〇年代食品製作公司的商品目錄、小冊子和食譜卡等。「這些雖然是商品，但也是我珍而重之的寶物。」耳背夾著一支圓珠筆的 Bonnie 小姐說。店舖裡的書都是她一個人搜集得來的藏品，每一本她都讀過。「年輕時，我曾爲教會義務製作布朗尼蛋糕，由於太喜歡烹飪，他們都叫我『Brownie Bonnie』呢。」很多顧客都是爲了見 Bonnie 小姐而來，我也是其中一人。

~~*~*

在Upper West Side一帶，我最喜歡七十二至一五八號路段，緊挨著Hudson River的河邊公園（Riverside Park），對岸是一片廣闊的New Jersey景色。這裡一共種植了一萬三千棵樹木，是一個枝繁葉茂的公園。河邊長廊設有長椅，有不少跑步和帶狗散步的人，十分熱鬧。

吃過早餐，在長廊散步，發現有一個小型碼頭，幾艘遊艇停泊在那裡。倏地，一位身穿整齊西裝的男士從遊艇中冒出來。

「請問這裡是你的家嗎？」我問。「沒錯，這艘船就是我的家。」趕著上班的男士匆匆的回了我一句便走開了。住在船上？我一看，發現碼頭的閘口有郵箱。仔細察看一下，雖然這是一艘船，但放滿了觀葉植物，布置得像家居一樣。規模比想像中大，簡直就是一座浮在水面上的宅邸。能夠以浮在Hudson River的船爲家，我不禁爲之羨慕，不過大浪的日子應該會很辛苦吧。這時看到棧橋上有一隻小狗搖著尾巴跑過，這次從船裡走出來的是一位女士，她身穿著套裝，相信也是上班族。我深深地感受到，紐約生活方式的多元化。本來追著女士後頭的小狗，此時回頭向著我不斷吠叫……

~~*~*~*

我決心今天一定要發掘到寶物。

這次從一同來紐約的朋友聽說了關於收藏黑膠碟的事，主要是六〇年代俄羅斯鋼琴家的唱片，他與幾位知音人對這個範疇有著濃厚的興趣。在曼克頓，不少二手書店都同時擺賣二手黑膠碟，聽到這裡，我的朋友表現雀躍，提議一起到二手書店逛逛。

位於Broadway八十號的「Westsider Books」，是一間歷史悠久的二手書店，店舖雖小，但藏書量之多，遍布了兩層樓的牆壁書架。我以十美元在店裡買到了《Looking in Junk Shops》（1961），我很喜歡它的封面插畫。然後在店外那一美元書棚，竟然發現到了由美國著名平面設計師Herb Lubalin負責版面設計、傳說中的雜誌《Eros》。市值五十美元的雜誌在這裡竟然賣一美元！頓時令我久違了的二手書店狩獵變得有趣起來。這時，我的朋友正埋首黑膠碟區：「可能因爲是美國，這裡全都是Leonard Bernstein[4]。」他想尋找到俄羅斯國營唱片公司「Melodiya」發行的Alexander Vedernikov[5]、Sviatoslav Richter[6]和Vladimir

4／美國指揮家、作曲家（一九一八－一九九〇年）
5／俄羅斯古典音樂指揮家（一九六四－二〇二〇年）
6／烏克蘭德裔鋼琴家（一九一五－一九九七年）

Horowitz[7]等的唱片。我想起有一間在 Midtown South 的書店「Academic Books」，那裡有更多黑膠碟。

當我們去到「Academic Books」時，發現這裡已改名爲「Academic Records」。不用多久，我的朋友便已興高采烈地在腋下夾著幾張黑膠碟了。在紐約這個地方，只要有目標，就一定找得著驚喜。

~~*~*

說到曼克頓最具代表性的書店，不得不提 Midtown South 的「Gotham Book Mart」。這間在一九二〇年由 Frances Steloff 夫人開設的書店，除了賣書，還向很多獨立作家和前衛文學家提供支援。美國作家 Henry Miller 形容這間書店爲「Home away from home（家以外的另一個家）」。

我在紐約居住時，最常去的書店就是「Gotham Book Mart」。這書店的選書都很嶄新，那

7／美籍俄羅斯鋼琴家（一九〇三－一九八九年）

種自由的精神也成爲了我經營「COW BOOKS」的基礎，賦予我不計其數的啟發。即便曼克頓的書店數目正逐漸減少，「Gotham Book Mart」也不會在人們的心目中消失。很多有心人和著名作家都前仆後繼地協力守著這個地方。當被問到哪裡可以重溫紐約昔日的美好時光，人們都準會首推「Gotham Book Mart」。作爲紐約市的地標，這間書店備受市民的愛戴。

優質的城市必然存在優質的書店，這是我的信念，雖然最近情況並不樂觀。一九四〇年代被譽爲是書店的全盛期，那時從 4th Avenue 至 Astor Place，一共有二十五間書店，有「書店街」之稱。到八〇年代，曼克頓的書店甚至一度增至二百五十間。目前則只剩下不足一百間。

我希望紐約的書店能夠持續繁盛，保留「book hunting」的傳統，爲此我打從心底裡頌唱著「Book bless you」。

~~*~*~*

美國攝影師 Diane Arbus 曾經評論「紐約是一座垂直的城市」。某日早上，我和朋友在「MAD」咖啡店，看著曼克頓的景色時，不經意地想起這番話。就在店子的一角，看見一個印有活地·亞倫（Woody Allen）自編自導電影《Manhattan》（1979）那視覺圖案的袋子。

「他從心底裡愛著紐約……」這是Woody Allen在電影《Manhattan》的開場白，不知道他現在是否還居住在紐約？記得最後看過他的作品是《Sweet and Lowdown》（1999），雖然已經年邁，但聲線還是跟以往一樣。我頓時想起，自己對於紐約的憧憬，就是從Woody Allen的電影開始的，他的電影描繪了嚴肅、幽默和美麗的紐約。我最喜歡的三部作品是《Hannah and Her Sisters》（1986）、《Annie Hall》（1977）以及《Manhattan》。

~~*~*~*

在天空放晴的某日，我來到East Village散步，經過Andy Warhol[8]及Jean-Michel Basquiat[9]也曾光顧的「Dean & Deluca」，穿過《The Basketball Diaries》（1995）中Jim販毒的「Tompkins Square Park」，然後走進一間名爲「Two Boots Pioneer Theatre」的小戲院，這一場放映只有三名觀眾。看完電影回程途中，我打算去尋找Woody Allen經常光

8／美國插畫家、電影製片、普普藝術（Pop Art）大師（一九二八－一九八七年）
9／美國塗鴉藝術家（一九六〇－一九八八年）

顧的餐廳「Elaine's」。

一邊眺望那像連環圖般變化萬千的景色，一邊在紐約街頭漫步。買書、喝咖啡、在熟食店點午餐、行公園、逛街，就這樣消磨了一天。然後，又開始期待著明天，這就是紐約。

洛杉磯

從機場出來，是溫暖的空氣和眩目的太陽，凍僵了的身體慢慢地在調整適應。

東京現在是冬季，經常下著粉雪呢。前往位於機場的汽車租借中心途中、過斑馬線前，我脫下毛衣，連同手中拿著的羽絨外套，一起塞進行李袋裡。從樹梢間滲出的陽光，灑落在捲起了衫袖的白皙手臂上。我吁一口氣，感覺舒暢了不少。旅行出發前繁忙和舟車勞頓，令身心一直繃緊著。

我定睛看著被人隨便泊在路邊、寫著「歡迎來到洛杉磯」的行李手推車，突然一位黑人機場工作職員隨著音樂向我跑過來。那音樂究竟是從哪裡播放的呢？我十分好奇，仔細一看，原來是從那位職員掛在頸項上的手提電話播出來的。

我們的視線相遇，他對我微笑，說了聲：「Hi！」我也回了一句：「Hi！」然後指著他的手提電話說：「這個不錯呢。」他聳了聳肩，說：「還好吧。」交通燈轉成綠色，在我邁步時，他跟我說：「祝你有美好的一天！」然後隨著音樂吹起口哨，邊推著一列手推車走開了。看著他輕快的背影，我小聲地說：「謝謝你！希望你也有美好的一天。」

＊～＊～＊～＊～＊

我駕著車離開洛杉磯國際機場，駛向位於 West Hollywood 和 Beverly Hills 之間的「Beverly Laurel」汽車旅館。

離開機場的時間，不巧碰上上班時段，路面十分擠塞，不知道要塞到甚麼時候才能夠到達旅館。等待期間，我眺望路邊整齊排列著的棕櫚樹，不過很快便厭倦了這個景色。我四處張望，注意力開始集中在我左右兩邊的車輛上。

有一位年輕的上班族女子，她看著倒後鏡，非常熟練地畫眼線。有一位戴著「Los Angeles Dodgers」棒球隊帽子、駕駛著農夫車的中年男士，正在吃三文治做早餐。不知道是他妻子親手做給他的、還是途經熟食店時買來的，看他吃得津津有味的模樣就猜到答案了吧。男人觀察著路面狀況，適時從熱水壺喝一口咖啡，嚥下口中的三文治，然後踩下油門。

在我後面那輛車中的男士繫著領帶，單手拿著一本厚厚的平裝書在閱讀。我想知道他在看甚麼，試著調整眼睛焦距，可惜還是看不見呢。他的後座坐著小孩，可能打算把孩子送到幼稚園後，再去上班吧。

我繼續觀察其他車輛，有人正在使用放置副駕席上的手提電腦，有人伏在軚盤上寫信，最多拿著手提電話在通話。

當發現了我的視線，有些人友善地向我揮手，有些人卻投以憤怒的目光，有些人又會別過頭來無視我。這樣對人生百態作出觀察，眞有趣！大家都用上自己的方法去打發塞車的時間。

在我旁邊的年輕女子，一邊駕駛一邊吃冬甩，她戴著一副有框眼鏡，穿著短裙，翹著腳，露出雪白的大腿。我試著猜想她的背景——究竟是前往上班？還是跟我一樣在旅行呢？還是剛剛送了誰去機場？她的車子跟我並行了一段時間，讓我有空間去想像和她的浪漫邂逅故事。汽車非常緩慢地挪動，整齊排列的棕櫚樹一直伸延，碧空如洗。

到達 West Hollywood 的汽車旅館時，剛過了中午，我把車駛入停車場。走向前台，才發現離入住時間尚有兩個小時。

沒關係，反正這趟旅行沒有急事。於是，我去到位於汽車旅館一樓的二十四小時營業餐廳打發時間。

＊～＊～＊～＊

燈光微暗的餐廳裡，牆上裝飾著 Andy Warhol 以粉紅色和黃色爲主的牛隻拼貼畫作，背景音樂是震耳欲聾的搖滾樂，店員和顧客都隨著節奏搖擺著身體。即便是平日的中午，餐廳也有這麼多客人，桌子上都放著喝完了的啤酒瓶。顧客不像是遊手好閒的人，看上去都很精神奕奕，不知道他們的職業是甚麼呢？看到這個場面，感覺很奇妙。

我坐在面向窗戶的長椅，能夠看到種在街道上的棕櫚樹那些粗壯的根部，猶如一隻巨型大象的粗腿。這裡到處都是棕櫚樹，不同的路上種植著不同的種類，有的長得特別高，有的比較矮，有些樹幹幼細，也有較粗壯的，究竟棕櫚樹共有多少種類呢？都是從哪裡移植過來？詳細研究的話可能別有一番樂趣吧。我打開筆記簿，草草畫了一些枝葉，然後寫上：「洛杉磯的棕櫚樹」。

不一會，一位身穿迷你短裙、T恤背面寫著「1」字、長著一頭黑髮的女服務生來替我點餐，這裡的職員制服是啦啦隊服裝呢。我點了咖啡和凱撒沙律，還有炸薯條。她一直保持著一副忙碌的表情，在離開前總算給我擠出了一個笑容。

我本來對這裡的食物沒甚麼期待，但還是被羅馬生菜的新鮮程度震撼了，上面的帕馬臣芝士也香濃好味。凱撒沙律被稱爲「美國最偉大的創造」，是我最喜歡的食物之一，這份沙律可說慰藉了我的身心。

我坐在長椅位置的最裡面，放鬆身心，拿出一本文庫本，本來打算直至房間可入住時間爲止，稍作閱讀，不過這裡的背景音樂實在是太嘈吵了，有時女服務生又會拿著咖啡壺走過來問我：「需要添飲嗎？」令我不能專心閱讀。裝咖啡的馬克杯很巨型，根本喝不了這麼多咖啡，而每次我回答不需要的時候，那位女服務生都會露出難以置信的目光。

我在筆記簿上描繪著窗外那些有趣多樣的棕櫚樹，期間女服務生還是鍥而不捨地笑著問：「需要添飲嗎？」

~~*~*~*

辦理好入住手續，拿著行李來到房間，淋一個熱水浴。從浴室那小小的窗戶向外看，天色還明亮，便打算到附近逛逛，好熟悉環境。

頂著濕漉漉的頭髮駕車外出，經過 Fairfax 區向南，轉右駛進 Venice Boulevard，再一路向西面駛去。

不經意發現了一間書店，這間古董二手書店是位於 Abbot Kinney Boulevard 和 Westminster Avenue 交界的「Equator Books」，主要售賣稱爲「Modern First」的現代文學初版書，還有六〇至七〇年代出版的非主流文化、「Beat Generation」以及絕版攝影集、獨立出版和同人誌等書籍。

在這面積龐大的書店中央，設有一個展覽空間，擺放了新進藝術家展現其獨特審美角度的作品。這附近不算是繁華地區，想不到在洛杉磯的 Venice 會有這麼高質素的二手書店，這裡是令我樂而忘返的天堂。

我對放在玻璃櫃裡的初版書《The Basketball Diaries》（Jim Carrol, 1978）和《Brave New World》（Aldous Huxley, 1932）很感興趣，我曾經在紐約找過這兩本書都沒有找到，此時店員樂意地將書本拿出來給我看看，兩本書的狀態都很不錯。

我問了兩本書的價錢，前者是七百五十美元，後者則是三千五百美元，都是相稱的價格。其中《Brave New World》是黑色底色封面配以灰色藝術裝飾花紋，附有畫了地球模樣的護封，十分精美。

「狀態這麼完備的很少見。」身穿背心和百慕達短褲，腳踏涼鞋的店員說。

「是的，都是好書。」我回答。店員抱書在胸前，點頭認同。

「謝謝你讓我欣賞這些書。」然後我便離開了書店。

逛舊書店最大的樂趣，就是找尋的過程，一旦找到了，就會喜悲參半，喜的是終於知道某本書在哪個城市的哪間書店可以找到，悲的則是以後失去了一個享受尋寶的機會。所謂「傳說中的書籍」，換句話說，就是永遠都不會被尋找得到的書籍。

望向西面的天空，掛著一輪耀眼的夕陽，有一片雲朵染上了金黃色。我駕車緩緩地駛回旅館，街上的景色隨著日落轉變，回程時有點迷路了，不過我相信一直向前，總會到達目的地。

悠長的一日結束了，我把手伸出車窗外，感受春天乾爽的微風。

＊～＊～＊～＊

旅途中令我最感到幸福的時光，就是吃早餐。今天早上，我打算去位於Rose Avenue的「Rose Café」。

這間餐廳的賣點是種類豐富的沙律和三文治菜單，這裡的前身是一間煤氣公司，店內空間開揚，天井很高，中庭種植了很多花草，像個隱蔽的庭園。

我點了淋上豆奶的自家製燕麥作爲今天的早餐，急不及待地吃上一口，果乾和杏仁的味道配搭得宜，用蜂蜜和花生醬煮透的燕麥香甜可口，令我回味無窮。

這樣的美食吃得太急便浪費了，應該要混和大顆小顆的燕麥，用匙羹慢慢地品嚐。我很想跟正在排隊點餐的人推薦這世界第一的燕麥。你可能會覺得我太誇張，但我眞的很想跟所有人分享這份美味，就連玻璃杯上自己的倒影也不例外。

「Rose Café」的員工大部分是拉丁裔，這間餐廳是自助式的，客人自己到櫃檯向職員點餐，儘管像我這樣英語不靈光的外國人，他們都會微笑著耐心地傾聽。也許有人對於洛杉磯的印象就是到處充斥著冷漠的名人的白人社區，但我卻認爲，這裡的拉丁裔人士那份溫柔的性格，才最具代表性，他們的滿臉笑容和親切的談吐，爲每個早上注入活力，跟他們說話時，就連自己也會變得溫柔起來。這眞是一間非常出色的餐廳，無與倫比。早上只要能夠吃到美味的早餐，就能讓我快樂一整天。

果然，世上最美的風景是人。

~~*~*~*

一九七〇年代初，有一群名爲「Z-BOYS」的年輕人，創出了嶄新的滑板技術，他們主要活躍於 Abbot Kinney 一帶，讓這個地區從長眠瞬間覺醒。進入九〇年代，在 Abbot Kinney 西面的一角，開了一間有機餐廳「AXE」，又牽引了另一股熱潮。

在「AXE」和「Equator Books」之間距離約五十米，有幾間餐廳和咖啡店。行人路有一半以上都盤著棕櫚樹根，使路面又狹窄又難行。中間還有幾間小住宅，有主婦爲庭院的雛菊澆水，有男人替小狗洗澡，還有一群踩著 BMX 單車玩樂的小孩，洋溢著一片祥和氣氛。我在這短短的街道，一邊拾起地上的小石子，一邊散步。看著柏油路上用噴漆繪畫的幾把愛情傘塗鴉，令我會心微笑。

從 West Midtown Avenue 向東行，行人路漸漸變得寬闊。兩旁有很多精緻的店鋪，有傢俬店、雜貨鋪、時裝店和畫廊等，就像大城市的街道般。這裡的建築物都不高，相隔一定的距離種植了棕櫚樹，在廣闊的天空下，道路筆直的向前伸延，我在路上時而靠左、時而靠右，緩緩前進。然後，發現了歷史悠久的修鞋舖「Angel Shoe Service」。這間店從一九二〇年代開始經營，應該算是 Abbot Kinney 一帶最古老的店舖了。

用夾板製成的招牌上，畫了鞋履、鎖匙和掛在衣架上的休閒西褲圖案，是現在很少見的懷舊風格門牌。我上前跟在這間店已工作了二十五年的 Jack 搭訕，跟他聊著關於這一帶的事情，起初閒話家常的他表現平和，可是一談到社區的變遷時，他態度急轉，說：「沒錯，這裡是改變了，僅此而已，我還有事要忙，謝謝。」然後把我了趕出去。

也許對於他這種在該區住了很久的居民來說，社區的變遷讓他們留下了一些悲傷、憤怒的回憶，我這個外來遊客成爲了他們的洩憤對象，我突然有一種被拒諸門外的感覺，十分狼狽。

加州在一八五〇年，從墨西哥的領土成爲了美國第三十一個州，Venice 區以前的名字是

「Rancho La Ballona」，又稱「鯨魚生息帶」。

二十世紀初，以煙草生意起家的Abbot Kinney，建立了「美國的威尼斯」，開拓了Venice一帶的運河系統，更在Venice Beach建造了一座巨型棧橋，上面設有很多娛樂設施，如過山車、摩天輪、餐廳、水族館、恆溫泳池，成爲了洛杉磯首屈一指的遊樂場。到了一九四〇年代，由國家公園管理局下令清拆所有在棧橋上的設施，然後把運河填平。最後於七〇年代，棧橋也被清拆了。

Venice Beach附近現在是有名的高尚住宅區，靠近內陸的Abbot Kinney一帶則由於治安變差而荒廢了。

我不禁想起Charles Baudelaire[1]曾經寫過：「都市的形態，變得比人心更快。」都市會捨棄人們的回憶，以意想不到的速度不斷改變，成爲新時代的畫布，展現新的容貌。

在行人路上走著，對面迎來一對老夫婦領著一頭白哆利犬散步，小狗走路時，筆直的尾巴左右搖擺。他們看著我笑了笑，然後擦身而過。高掛空中的太陽燦爛地照耀著，好像拍了拍我的肩

1／法國詩人（一八二一－一八六七年）

膀，給予鼓勵。怎料一邁步，便聽到自己的肚子咕咕直響。

於是，我去到南面的薄餅店「Abbot Pizza Company」吃午餐。廚房裡有一位看似美國原住民的年輕女生，用焗爐勤快地烤焗薄餅，她那晶瑩剔透的黑色瞳孔十分美麗。告示板上寫著的是日精選是「沙律薄餅」，我便要了四分之一份。

在烤得香脆的薄餅皮上放上滿滿的香草，足夠我吃飽了肚子。原本擔心中午吃薄餅會太過油膩，幸好清新的水牛芝士平衡了味道。店門張貼著招募兼職工的廣告，旅行時每次見到這個我都會駐足細看，不禁代入角色，想像自己在這個城市工作和立足，彷彿成爲了日復一日在這裡生活的居民一樣，自己也許就會對這個城市的心態和看法隨之改變吧。

剛才，有名年輕男子走進薄餅店，不斷跟工作中的員工搭話，說著棒球和一些無關痛癢的話題，頗爲妨礙他們工作。被迫聆聽的員工沒有停下手邊的工作，都佯裝專注，也不時向他微笑點頭，有一搭沒一搭地回應著。這樣的畫面，在我看來感覺很和諧呢。可能這位男子每日都會來這裡，就像這樣跟職員說話，然後才回去吧。把日常生活中的瑣碎事跟周遭的人分享，那閒話家常的日子，令我很羨慕。這也許是不值一提的瞬間，卻成了我旅途上的深刻回憶。

走出薄餅店，我跟正在路邊泊車的年輕女子對上眼。她反覆倒車，想把車子泊近路旁，我眼見車尾快要撞上石壘了，立刻大叫：「Stop！Stop！」她慢慢把車挪向前，然後用眼神問：「這樣可以嗎？」我做手勢說：「這樣就好了。」從六五年的「Mustang」[2]下車的她，匆匆跟我道謝後，便跑進對面路的瑜伽教室。

由於 Abbot Kinney 隸屬 Venice Beach 的管轄範圍，到處可見有關昔日滑浪文化的店鋪和展示館。在路的一端，有間由前「Z-BOYS」成員 Ray Flores 經營的古董滑板店「Board Gallery」。店前的柏油路上刻了一個十字架，上面寫著「DOGTOWN」，那是喜歡滑浪和滑板運動的年輕人給這條街道的別名。

「Board Gallery」的牆壁上，掛著七〇至八〇年代生產的滑板。我問店員，這裡最古老的滑板是哪塊呢？他拿出一塊五〇年代產、裝上了鐵輪的。我看到了櫥窗上有一塊細小的滑浪板，原來那是由滑浪板改裝而成的趴板，Ray 說這是很罕有的「Z-BOYS ORIGINAL」。

他對這個城市的回憶是甚麼呢？我嘗試訪問作為潮流開拓者之一的 Ray 的看法。

2／福特（Ford）汽車公司推出的跑車

「這一帶現在有很多潮流店鋪，從很久以前起，各種各樣的潮流文化在這裡誕生、然後式微，周而復始。我相信這個情況會持續下去，即便如此，我們也不會改變，會留在這裡見證所有興衰，因爲我是本地人。」Ray 這樣說。

原來如此，我突然想起修鞋舖的 Jack 那頑固的模樣。

從 Ray 的店子至 Venice Boulevard 之間有一大片空地，在交通燈前面，只看到顏色混濁的架空高速公路，和被鐵絲網圍著的廢棄貨櫃。吹過鐵絲網的風聲颼颼，讓人恍如置身於懸崖峭壁。

我還未打算返回旅館，又回到街上，因爲我想去「Jin Patisserie」，這間咖啡店就在剛才的瑜伽教室旁邊。

咖啡店的入口設計成小庭園的模樣，驟眼看以爲是一般平民的家。走進建築物內，看見這裡是售賣蛋糕、朱古力和曲奇等西式甜品的店子。店內設有座位，可以在這裡品嚐咖啡和糕點。這店的老闆是一位年輕的新加坡籍女子，她曾到過日本和三藩市，邊旅行邊學習做西式甜點，之後來到這裡開店。

玻璃櫃中的每一件蛋糕，都像藝術品般精巧。這裡的人有很高的健康意識，店舖精心設計的甜品一定能夠迎合他們的口味。相信這間店舖也為 Abbot Kinney 帶來了新氣象，我希望有機會再來這裡。

繼續走在路上，經過一條住宅街，一間間獨立屋宅靜靜地排列在海邊，建築物的用色感覺溫暖，外型精緻可愛，真想為它們逐一拍照。庭院均打理得十分整潔，種著林林總總的植物，花朵怒放燦爛。這些小小的住宅，本應是為低收入人士而建設的，現在由新居民遷入，成為洛杉磯這個大都市中一處小小的安樂窩。我沿著棕櫚樹的樹幹仰望，看到有園丁在樹頂修剪枝葉，他向我揮手問好。然後，我發現有一間住宅的窗戶上貼著「招租」告示，租金一個月是一千二百五十美元。

在三藩市，像 Abbot Kinney 這樣能夠步行遊覽的地區很少，而且又像這裡孕育著充滿本地特色的社區就更加稀少了。有某間著名的連鎖咖啡店曾經想在這一帶開店，但本地居民發起聯署運動反對，結果開店計劃便給擱置了。

走在這條只有短短數百米的街道上，有種莫名的心動感，像海浪般拍打著我。每走過不同的地方，側耳傾聽當地人的介紹，總會有新發現，散步充滿了樂趣。

清風送來，沁人心脾。我把這個城市的模樣，像繪製地圖般，刻劃在筆記簿上。

＊～＊～＊～＊～＊

「在洛杉磯的郊外，有一間很特別的博物館，請務必去參觀。」臨行前，一位老朋友跟我說。名字是「Museum of Jurassic Technology」，是一間私人經營的博物館，位於洛杉磯西南面Venice Boulevard的Culver City地區。

在這趟旅程的第四個下午，我出發前往這間博物館。根據地圖找到地址，很快便到達了。我對這麻雀雖小、五臟俱全的博物館爲之感嘆。

博物館的正前方有個巴士站，路邊種植的樹木遮擋住了陽光，讓這座建築物不甚起眼，於是在這個巴士站等車的人，似乎都沒有發現這裡有間博物館。我聞到相隔兩個鋪位的泰式餐廳傳來了像魚露燒焦的氣味。

厚重的大門旁邊，有一個按鈴，我猶豫著要不要按下去，然後發現側面的牆上裝嵌著一個細小的屏幕。仔細看，裡面有一個白色的小壺，上面浮游著幾隻貌似是玻璃製成的飛蛾。這究竟是甚麼東西？百思不得其解。

我按鈴，把手抵在門上，大門就徐徐地自動打開了。我忐忑不安地窺探其中，漆黑一片中浮現出一個身影，看上去是很友善的青年。我不覺一怔，發現室內其實不是那麼陰暗，只因我剛從陽光普照的室外走進去，才會產生錯覺。

「Hello！」那位青年輕聲跟我打招呼，我也回他一聲：「Hello！」前台是一張矮檯子，周圍放著這個博物館的精品。

「入場費是作爲捐款用途的五美元。」青年的聲線像是從錄音機播放出來似的。我繳了費用後，問道：「我可以在這裡看看嗎？」青年回答：「當然可以。」

這裡擺賣的東西，有幾款原創 T 恤、明信片、銅製的古代劍、護身符般的石頭、世界七不思議的書籍等。嗯……在我轉身走向展示廳時，發現坐在前台的青年腳下放著一部手風琴，比起那七不思議書本，我對那手風琴更感到迷思呢。

博物館裡有很多光線暗淡的小房間，活像一個迷宮，令我想起兒時遊樂場裡的鬼屋。館裡的展品都放在細小的玻璃箱或嵌牆式的展示櫃裡，駐足觀察，卻一個都沒能看懂。

例如有一個昏暗的箱子裡，有一隻小小的甲蟲標本，跟一顆體積相同的小石子標本一同放著，旁邊有一個電話筒，拿起放到耳邊，只聽到一聲「唧——」，閱讀旁邊的說明，說那就是甲蟲驚訝時發出的叫聲。另外，有一個小按鈕，按下它然後再拿起話筒，這次聽到的是「吱——」，這是小石子靜止時的聲音。這個展示的主題是——「模擬自我防護的聲音」。

在名爲「異臭蟻」（MEGOLAPONERA FOETENS- STINK ANT OF THE CAMEROON OF WEST CENTRAL AFRICA）的展示箱中，有一隻用細釘固定著的螞蟻標本。

這種螞蟻棲息於熱帶雨林，據說能發出人類耳朵能聽見的叫聲。在某個時期，牠們會吸入生長在森林裡的「Tomentella」菌類孢子，這些孢子會影響螞蟻的腦部，驅使牠們離開地面，沿著蕨類植物一直往上攀爬。到了某個高度，螞蟻便會把下顎骨刺在莖上，固定身體，等待死亡。

即使螞蟻死去，體內的孢子仍然繼續生存，直至完全蠶食腦髓和整個身體。大約兩個星期後，螞蟻的頭部會長出像釘子般的物體，釘子頂部會長出新的孢子，孢子便降落到森林的地面，蠶食其他螞蟻。博物館的精品店裡有一款明信片，就是從頭部長出釘子、依附在植物莖上的異臭蟻的照片。

其他展示還有從某位女性頭上切下來的角的實物展示；能夠治療夜尿症、在多士上面放著兩隻老鼠的「老鼠批」模型；還有示範如何把鴨或者鵝的嘴巴放入口中呼吸的模型，據說對治療感冒十分有效。這個博物館充滿著這些莫名奇妙、令人毛骨悚然的展品，就像是一個收集世界上神秘稀有物品的收藏館。最近新增的二樓展示室，是一間很小的房子，展出奔向宇宙的犬隻的肖像畫。

要在一天之內把這個博物館的展品看完一遍是不可能的，更何況還要理解展品的意義，即便用上幾天也做不到。現在我可要作出抉擇——要麼花一星期吸收這裡的所有知識，要麼放棄。究竟我的朋友為甚麼會推薦我來呢？我記得朋友這樣說：「你一定會喜歡這裡的。」

是的，我的確挺喜歡這間博物館。

這些奇異又有趣的展品中，還有「給威爾遜山天文台的信」（Mount Wilson Observatory），那是經由一般郵遞送來、有關天文學的投稿，內容有「地球其實是平坦的」，或者「太陽其實是圍繞著地球轉的」，種種歷史上曾經出現過的假設或是新發現的理論。

大量地蒐集這些世界上不可思議的發現，運用卓越的技術和影像重點展示出來，這就是

「Museum of Jurassic Technology」。能夠開設這間博物館可說是一個壯舉，究竟是誰這麼偉大呢?爲了找出答案，我回到入口，詢問前台的青年，他說館長 David Wilson 快要到了。無論如何我都想跟他見個面，於是決定在這裡等候。

那部手風琴，依然放在青年的腳邊……

~~*~*~*

我正前往位於汽車旅館北面的墨西哥人地區 Echo Park。

跟附近的 Silver Lake 一樣，這個地區數年前開始聚集了一批年輕的創作者，隨之出現了很多獨立店舖。例如把放映器材裝到貨車上、駛往沒有戲院的地區舉辦小型放映會的「Micro Cinema」，專門舉辦電影製作工作坊的非牟利組織「Echo Park Film Centre」的總部，也設置在這裡。

到了掛著很多戶外廣告板的 Sunset Boulevard，就是這區的入口。從 West Hollywood

來到 Echo Park Avenue，車程約三十分鐘。我開著車緩緩前進，尋找停泊的位置。

在街道的轉角處，有一間被柔和光線包圍著、感覺親切隨意的咖啡店「CHANGO」，附近有幾間二手服裝店和雜貨舖，店裡的人都站到行人路上，悠閒地聊天。

一間名叫「WORK」的店舖，櫥窗掛著一條內外反轉了的牛仔褲，我走進去，見店裡的衣架上掛著兩、三條牛仔褲，二樓的閣樓上有兩台工業衣車。

我問店裡的青年：「這裡是牛仔褲專門店嗎？」「這裡是舊式裁縫店，度身訂造牛仔褲。」青年答道。他的名字是 Robbie，與夥伴 Brian 在兩個月前開始經營這店子，風格樸素整潔。

「從訂製至完成，需要多少天？」我問。

「大概四個工作天。」

店前躺著的那頭大型犬，是青年飼養的。

「爲甚麼你會選擇在這裡開店？」

「因爲這裡不像洛杉磯呢，特別是這區，生活很悠閒。」

他笑著說，自己今早便是先去了滑浪，才過來開店。他身上穿著的牛仔褲感覺上非常迎合這街道的風格，輕鬆休閒。

「Show Pony」是一間備受注目的店鋪，專門售賣充滿少女味道的雜貨和飾物。據悉店主Kime Buzzelli是一名藝術家，我期待能夠與她碰面，只可惜我到訪時，店鋪的大門給緊緊鎖上。在玻璃上貼著一張告示，寫著：「店主身體抱恙，休息一天」，那個字跡正是我曾在宣傳單張上看過的，是她本人的字跡。

這區有五、六間年輕創作者經營的店鋪，組成一個小小的本土社區，氣氛和諧舒適，讓我難得地萌起想買點甚麼的衝動。我去到一間街頭服飾店鋪「Han Cholo」，買了一雙寫著「LOS」的運動襪子。深知自己其實一定不會穿，想起這個價值二十五美元的衝動消費，只好苦笑。

回到咖啡店「CHANGO」，點了一杯印度奶茶，坐在露天座位上，稍作休息。

今天也是陽光明媚的日子，晚上的星星應該很漂亮吧。我拿出筆記簿，用圓珠筆在空頁上畫一畫線，然後在空白位置畫下幾幅風景，也不算是繪畫地圖，而是把這個城市置換一個方式記錄下來吧。

~~*~*

我從 Echo Park Avenue 步行至 Film Center，回到 Sunset Boulevard，轉入 Alvarado Street，這附近有墨西哥餐廳和雜貨舖等，適合觀光遊玩。

Film Centre 依然營運著，負責人 Paolo 和 Lisa 看來精神奕奕。不過，原本開設在旁邊、那充滿 hip-hop 風格、帶著反權威主義革命精神的獨立書店「33 1/3 Books & Gallery」則搬遷了。Paolo 說，因爲這區的租金愈來愈昂貴，業主無理加租，所以只好搬遷。幸好 Film Centre 有志願團體的捐款和市政府的資助，得以維持，不過他們還是會經常舉行反加租的聯署運動。

我到他們推介的墨西哥快餐店「Rodeo Mexican Grill」吃午餐。雖說是快餐，但那份鋪滿了牛油果的墨西哥薄餅、餐湯和沾著辣味莎莎醬的烤雞肉，味道十分正宗，而且分量很大，我全部都吃光光了，還嚐到了人生第一杯羅望子汁，帶點熟悉的甜薯味，非常好喝。

返回取車時，看到 Sunset Boulevard 街上有一間CD店「Sea Level Records」，同樣是本土社區店鋪，我問年輕的女店員：「請問有沒有古典結他類的音樂唱碟介紹呢？」她二話不說地推薦了「Mt. Egypt」的大碟，是滑板選手 Travis Graves 以樂隊的名義推出的作品。我一回到車裡，便急不及待播放才剛入手的兩張唱碟，那美麗的聲線，聽來真像是年輕時期的加拿大唱作歌手 Neil Young。

餘暉下，我乘著柔和的曲調，返回汽車旅館。

~~*~*

不久前，我在柏克萊的書店買了一本獨立出版的小書，是活版印刷的二十頁裝訂小冊本，收錄了一個短篇小說，封面設計時尚，裝幀小巧精緻。

得知製作這書的出版社「Cloverfield Press」就在 Silver Lake，於是便與他們取得聯繫。我很喜歡這家出版社的名字，很有興趣知道這本書背後的製作故事。

到達目的地，是一棟可愛的粉紅獨立屋。

從獨立屋旁邊的車庫走出一個男子的身影，是個高個子、笑容燦爛，他就是一直和我聯絡的 Matthew。我們握手互相問好。這時，兩位女子由連接的廚房走出來。「Cloverfield Press」就是由這三個人共同創立的出版社。

在後院的倉庫有座巨型機器，體積有如兩台洗衣機般大，上面有很多不同大小的鐵輪和傳轉帶，組合結構複雜，從旁看來，就像個機械人。

「這是活版印刷機嗎？」我問。

「對，我們就是用這個製作封面的。」Elinor 告訴我。

她穿著染滿墨水、寬鬆的吊帶工作服，就是由她負責活版製作和印刷，這間獨立屋也是她的住處。

「請等一等，我現在啟動印刷機。」

Elinor 給我示範如何印製封面，她按下啟動按鈕，印刷機立即被激活過來，規律地開始運作。

「這部機械是從哪裡入手的呢？」

她跟我說，好不容易地從 eBay 找到了這台狀態良好的印刷機，便特地開車到西雅圖把它帶回來。Elinor 珍而重之地凝視著它，此刻窗外耀眼的陽光剛好灑落這台正孜孜不倦地運作的印刷機上。

「請過來這邊坐吧。」

Matthew 把我領到廚房那邊，桌上還遺留著早餐過後尚未收拾好的餐具，Elinor 難爲情地說了句不好意思，不過這個家常風景反而令我心情輕鬆下來，就像被招呼到朋友家的廚房聊天，感覺親切。

我們圍坐在料理台旁邊的小桌子前，Elinor 倚著雪櫃，跟我介紹「Cloverfield Press」的成立。原來他們是以自資的形式與作家和藝術家合作，並以出版凸版印刷書籍的 Virginia Woolf 夫婦[3]作爲榜樣。

「就算是尺寸細小、頁數不多，也可以造出精美的書籍，讓讀者愛不釋手，作者都希望自己的作品能夠以獨特的裝幀發表。」Matthew 的搭檔 Laurence 說。

「我們的目標是製作精品書籍，裝幀非常重要，希望造出別人無可模仿的高質素作品。這樣很花時間，尤其現在出版界都注重速度，但我們實在很享受與作家和藝術家一起製作書籍的過程。」

3／英國作家吳爾芙（一八八二—一九四一年）曾與丈夫 Leonard Woolf 一起經營 Hogarth Press 出版社（一九一七—一九四一年）。

一本書的製作流程是這樣的——首先由作者決定好作品的內容，然後交由藝術家負責裝幀設計。從第一個樣式至製成印版之間，會提交多個封面方案作反覆修訂，極盡心思和時間，最後才製成一本書。

「由於我們所出版的刊物頁數較少，現在只能採用騎馬釘的裝訂方式，但這樣就沒有書脊，不能在書店的書櫃上陳列，這是我們的難題。往後，就算是數量不多，我們也很想挑戰製作比較厚身的書籍。」

書籍裝幀的魅力，對愛書的讀者來說，是無可抗拒的，對作者而言更甚。只要出版社能造出漂亮的成品，自然得到作家的青睞，即便出版社沒有主動提出，作者也會自動找上門合作。

由「Cloverfield Press」出版的書，每種都限量推出六百本。主要在自家的網上平台及美國各地的獨立書店發售。最近，也開始在亞馬遜平台推出。至於爲甚麼專門出版短篇小說呢？Matthew 說，這是因爲短篇小說最能展現作家的魅力，我點頭同意。

剛好他們正在印製新書，便讓我參觀印刷前的打樣。那是村上春樹的《東尼瀧谷》（*Tony Takitani*, 1990）英語版，這部作品曾被改編成電影，他們透過版權代理人向作者提出出版合作邀請，當村上先生知道了，便馬上答應，出版社三人都難掩興奮呢！至於已發行的《The Boy from Lam Kien》（2005），作者 Miranda July 是目前美國備受注目的藝術家，也是一位作家和電影導演。

「出版社的名字，是因爲由三位成員組成，所以選用三葉幸運草（clover）嗎？」我以這個問題爲這次訪問作結。「不是的啦！在我們考慮出版社的名字時，正開著車在公路上行駛，剛好看到一條街道的名稱是『Cloverfield』，覺得這個名字不錯，語意也好，也適合各種規模的出版社，經過商量之後，便決定取用這個名字。」Matthew 笑說，其餘兩人都一同拍手笑起來。我問他們：「眞的嗎？」Laurence 笑答：「是眞的！」跟他們整個訪談的過程中，無論聊到甚麼，三人都歡聲笑語。

離開之時，發現庭院中有一棵檸檬樹，淡淡的綠葉之中掛著幾顆鮮黃的檸檬。回過頭去，他們揮手跟我道別，三人的臉上也正掛著檸檬般清新的笑容。

~~*~*~*

今早我還沒吃早餐，便到 Santa Monica 大街的市場去。這天天氣和暖，只穿著一件短袖上衣便可以了，是一個 beautiful Sunday。

除了在市中心，三藩市很少高樓大廈，因此無論從房間的窗戶往外看，還是走在街上仰望，景色的一半都是天空。我待在洛杉磯的日子，經常都看到陽光——由窗簾滲進房間的柔和日光，白天照遍街道的眩目刺光，傍晚時分耀眼的夕陽金光，整天一直欣賞著不同的光影。

到了市場，已有很多人在購物，這裡有售賣各式貨品的露天攤檔，有從農地直送來到的蔬菜和生果、有新鮮出爐的麵包、有剛煮好的餸菜等。剛逛了不久，便聞到令人懷念的香氣，是當地每個攤檔散發出來的土壤氣息。

有很多農家全家總動員擺買自家農作蔬果。小女孩負責賣蘋果，婆婆在榨果汁，父親和哥哥從車上搬運貨品，看著這個和睦安樂的畫面，不禁會心微笑。家人邊閒話邊工作，我不時會駐足傾聽他們在聊些甚麼，幾次看到了父親被女兒嘮叨、卻笑得十分開懷的畫面。

今天我打算到法式班戟專門店「Acadie」吃早餐。到達餐廳之前，我已經買了很多東西，乾果、橄欖油、自家製防蟲藥等，雙手拿著滿滿的東西。

我最享受在市場購物時跟店家聊天，即便只是買一根蘿蔔也能夠聊上幾句，說實在的，那其實是聊天爲主、買蘿蔔爲次呢。

每間店鋪幾乎都提供試食，一邊聊天一邊吃，不知不覺間便吃飽了肚子，這也是逛市場的樂趣之一。但是，對於打從昨晚開始便十分期待今天那份早餐的我來說，此刻心情有點複雜。

在帳篷底下，有三位廚師不斷地烤班戟，在「Acadie」前已經有很多人在排隊。我點了一份名爲「England」的口味，上面加上了牛油、檸檬汁和生薑，盛惠三點七五美元。然後，在店鋪前的咖啡攤買了一杯印度奶茶。我坐在陽光普照的草地上，拿著呈扇子形的熱騰騰的班戟，大快朵頤。

我看到市場裡聚集了很多漂亮的人，晴空之下，很多檔攤都有女性在工作，她們純樸的笑容令人一見傾心，心如鹿撞。也許因爲這裡的人經常都接觸具有生命力的土壤和植物吧，都變得純淨起來，即便我在這個場所只是短暫逗留，也感覺到身心都被淨化了。

我看到一對可愛的親子，正在一間「raw food」專門店裡購物。「Raw food」是指有機培植的蔬果，不用火烹調的食物。

我觀察一下這間店子，原來是由Santa Monica一家名爲「Juliano's Raw」的餐廳所經營的攤檔。我還想再吃點東西呢，於是便點了用生菜葉來盛載的、賣八美元的素食辣豆醬。辣豆醬煮得很入味，那辛辣風味剛剛好。

在附近的草地上，爵士樂隊開始演奏，途人聚集起來，載歌載舞。悠閒地在市場裡逛著，很快便到了下午。

~~*~*

接近黃昏，星期日的唐人街很多店舖已關門，即便如此，我還是想去走走看看一下。沒有地圖、沒有嚮導，我沿著街道的中文漢字路標，逛逛走走，走過掛著很多燈泡的街道，穿過建築物之間的小巷，一直走進街區中陌生的深處。

突然，走到好像電影場景般的街道上，赤紅色的燈光照射著幾間店舖，那裡渺無人煙的，數個燈籠正隨風搖擺，抬頭看到寫著「Happy Lion」和「Black Dragon」的仿古招牌，感覺恍如夢境中。

我從格子狀的窗框引頸向店內窺探，發現那是一家現代美術館。再看看其他店鋪，都是畫廊或是藝術工作室呢，我很驚訝，原來這是位於唐人街的現代美術街。

牆上寫著「Changqing Road」。本來四周一片寂靜，卻倏地自背後傳來小朋友的玩笑聲，我轉過頭，看到數名小朋友在畫廊和工作室之間跑來跑去，彷彿這裡是他們的遊樂場。此時好像有人在說中文，孩子一邊玩耍，一邊從我身旁跑遠。

然後街道又回復了寧靜。向前望，有一扇窗透露著光芒，屋簷下掛著一個黃色的風鈴，我被那淡淡的光線吸引過去，那是一間專門售賣中國工藝品和佛像的店鋪，店名是「Fongs」。裡面放滿了佛像和根附[4]，也有一些類似古董的貨品，店門是開著的，我便走進去看看。這時，一位老人從店裡面走出來。

「你好嗎？」我向他問好，他笑著點頭，定睛看著我，我禁不住問：「你年紀多大了呢？」「我九十八歲了。」老人清晰地回答。他跟我說，這不是他的店，今天他來顧店，而這店是在他父親

4／日本江戶時代用以懸掛隨身物品的繩子那末端的裝飾，以防物品掉落。

的年代創建的，他給我看了看放在店裡的照片，照片中的男人比眼前這位老人年輕得多了。

當他知道我是日本人，老人便伸出顫抖的手，抓住我的手臂，很努力地跟我說話，他聲音很小，口音獨特，我聽不懂他在說甚麼，但我還是點著頭回應，老人高興地對我微笑。

離開的時候，我聽到老人說了一聲：「ARIGATOU。」

夜幕降臨了，Changqing Road 空無一人。我沒有回頭，一直往前走。

只見一輪滿月，孤寂地飄浮在夜空。

巴黎

我這次的目的地，其實是奧貝坎普（Oberkampf），而不是巴黎呢。我之所以會重臨巴黎，只因我想來 Oberkampf 逛逛看看。所以，與其說是「到巴黎一遊」，更正確一點應該說是「Oberkampf 之行」。

我是在五年前知道 Oberkampf 這個地方。這裡原本是由幾間小工房組成的阿拉伯人社區，由於租金便宜，吸引了很多年輕創作人來聚居，開了很多咖啡店、酒吧和雜貨店等，曾經一度成爲巴黎的潮流發源地。不過，最近熱潮開始減褪了，已不復往日繁榮。

走在 Oberkampf 的街道上，給我第一個印象，就是這裡跟三藩市的 North Beach 相似。Oberkampf 作爲巴黎的第十一區，是人口最密集的地方。由於人口稠密，人與人、道路與道路、建築物與建築物之間，連繫密切，當地人的個性和生活方式，都可以透過這裡的風景充分展現。

1／法國傳奇歌后（一九一五—一九六三年）

走在街上，可聽見非洲的音樂、阿拉伯語的電台節目，還有Édith Piaf[1]的香頌，呈現著這個地區人種的多樣性。

這裡最具人氣的熱點，就是由舊煤炭店改裝而成的「Charbon Café」，跟North Beach的「Caffe Trieste」同樣，照亮了整條街道，無論是平日還是假期，男女老幼顧客們都喜歡這裡聚首，是一處讓人們感到安逸舒適的好地方。

Oberkampf街區的範圍，由地鐵三號線Parmentier站至二號線Menilmontant站之間的Rue Oberkampf，加上與Rue Oberkampf平衡的Rue Jean-Pierre Timbaud，以及連結這兩條路的Rue Saint-Maur。好，我決定要走遍這幾條街道。

位於巴黎塞納河右岸、巴士底廣場（Place de la Bastille）以北，站在Parmentier站面向Rue Oberkampf，就會發現這條筆直的街道是一條向上的斜坡。望向遠處的坡道上，太陽正放射出耀眼的光芒。在這附近有麵包店、芝士舖、超級市場和花店等，屬於較爲平民化的區域，基本生活所需齊備，十分便利。在橫街發現了幾間古董店，進去探索，十分有趣。走上斜坡到達Menilmontant站，從這裡開始就是「酒吧街」，也是Oberkampf區的別稱。到處都是咖啡店和酒吧，入夜後是人頭湧湧的不夜城。

我走進 Rue Jean-Pierre Timbaud，那裡有清眞寺，是比較多阿拉伯人聚集的地區。我大口大口地吃著在 Rue Saint-Maur 買來的阿爾及利亞甜點，經過感覺神秘的水煙館，然後走進「Thé Troc」歇腳。這是一間漫畫店，可以找到 Robert Crumb[2] 和《The Freak Brothers》的漫畫，同時也是一間茶室，可享用世界各地的名茶。店裡的牆上貼著七〇年代「Grateful Dead」的演唱會海報。店主 Férid 先生是從印度來的阿富汗裔人士，他的樣貌跟曾經到日本旅行十年的美國詩人 Gary Snyder 有點相似呢。他一絲不苟地爲我沖泡玫瑰茶，茶味甘香，令人放鬆身心、可安神助眠。

~~*~*~*

我覺得你會喜歡這裡的。

經由巴黎的朋友介紹，我來到 Oberkampf 東面，穿過 Rue Jean-Pierre Timbaud，來到

2／美國漫畫家（一九四三—）

位於 Rue Moret 的二手服裝店「Casablanca」。街道幽靜，我滿心期待地來到店前，才發現店門鎖上了。當我以爲碰上了休店日而感嘆時，女店主帶著小狗急步跑過來開店，她不好意思地說：「今天有點感冒，所以遲到了。」有別於現在很多店舖都用的鐵閘，這店沿用舊式門板，女店主身手敏捷地將木板逐片挪開。

與其說是二手服裝店，這裡更像是在遙遠鄉間裡無人問津的西洋服飾店呢。店裡堆積著一九三〇至六〇年代的傳統工作服，古典法國風格的女裝密密麻麻地掛在衣架上，人體模型相信也是三〇年代的產物。我隨手拿起一件掛在衣架的恤衫，店主介紹說，那是二〇年代法國農夫穿著的勞動服。那是一件窄領、長度剛蓋過臀部、質感堅挺的棉製恤衫，猶如法國畫家 Jean Francois Millet 的《拾穗》（*Des glaneuses*, 1857）畫中人物的服飾。我被這件衣服厚實的質感吸引了，決定買下。在我支付三十歐羅之際，不經意發現櫃檯後面的牆上掛著一頂戟絨帽。店主拿給我看，那是一頂三〇年代的「Borsalino」[3]，我試著戴上，大小剛好。店主爲我拍掉帽子上的灰塵，笑著說：「這是戟絨質地最好的『Borsalino』。」此時外面剛好下起雨來，我忽然想起一句台詞：「下雨時不要買傘，買帽子吧。」於是，我跟店主要了那頂「Borsalino」。

3／意大利高級紳士帽品牌

店主頷首說：「跟你很合襯呢。」然後，我再付了九十歐羅。

步出「Casablanca」時，雨勢變大了，我壓下「Borsalino」繼續前行。回程途中，我多次撫摸帽邊，感受著戟絨的觸感。很久沒有令我這麼開懷的購物體驗了。

～～*～*～*

在 Oberkampf 逛得差不多，是時候到巴黎的二手書店看看。很久以前便有製作巴黎書店指南的念頭，只是一直沒有實行。在巴黎，有很多專門店售賣新書或二手書。之前曾經住在「Sorbonne」（索邦神學院）附近的酒店，那附近每一條路上都有學校和書店，而且書店的種類廣泛，有十七世紀文學、初版書、限定書，原稿、信件、報紙和雜誌等，即便我很想動手製作一份二手書店名單，但一想到要把這些分門別類便抓狂了！

塞納河兩岸的露天二手書店也很有名。雖然現在能夠從中尋獲寶物的機會已經很少了，但那裡依然是非常受歡迎的尋書勝地，各書店有各自的專門。從 Notre-Dame 旁的左岸至「Institut de France」（法蘭西學院）之間的露天書店，藏書豐富，右岸就比較貧乏了。我和朋友在櫻花飛舞的塞納河畔散步時，談及這些露天書店，他說那裡的經營權是由巴黎市政府管轄的，需要支付昂貴的使用費，即便如此，輪候露天擺攤的人依然很多。而獲得經營權的人都需要依照慣例，連同上手店主的書本存貨全部買下。在最近的交替之中，有人就發現了長期沉睡於露天書店的國寶級稀少書籍，成爲了新聞。

我很喜歡每逢週末前往在 Vanves 附近的 Parc Georges-Brassens 那個郊外二手書市集。在遼闊的草坪上，聚集了近一百家二手書店。我尤其喜歡看見店主們一邊單手拿著紅酒杯、一邊悠閒地顧店的恬靜情景。這裡以文學及歷史書種爲主，也有兒童書、攝影集和美術畫冊等，只要細心尋找，定能夠找到價廉物美的好東西。在 Clignancourt 附近有幾間優質的二手書店，規模比較大的是「Avenue Bookstore」〔法：Librairie de L'Avenue〕。若然你跟我一樣，喜歡插畫、攝影和設計等精美的書籍，推介你要到 Vanves 和 Clignancourt 的跳蚤市場去看看。而在巴黎擁有五間分店的「Mona lisait」，在書籍收藏家之間是有名的美術集存貨寶庫。

說到巴黎的書店，不得不提「Shakespeare and Company」，這書店於一九一九年由美籍牧師的女兒 Sylvia Beach 開設，裡面的特選書籍不是法語的，而是以英語爲主。Sylvia 受到同樣是書店店主的女性朋友 Adrienne Monnier 所影響，經常參與 Adrienne 書店舉辦的法國作家 André Gide[4]、法國詩人 Jules Romains 和 Paul Valéry 的作品朗讀會，還有法國作曲家 Erik Satie 和 Francis Poulenc 的音樂會，接觸過這些新穎的書店活動，她一直希望自己也能夠開設一家這樣的書店。「Shakespeare and Company」最初在 Rue Dupuytren 開店時，其業務是租借書籍爲主。

Sylvia 不僅從巴黎的二手書店購入書籍，也到美國和倫敦進行採購。她到訪過倫敦 Harold Monro 的詩集專門店、英國出版商 Elkin Mathews 的書店，搜購了很多愛爾蘭詩人 William Butler Yeats、James Joyce 和美國詩人 Ezra Pound 的詩集。她特意爲「Shakespeare and Company」裝飾了從 Elkin Mathews 的書店買下的英國詩人 William Blake 的畫作，還有美國詩人 Walt Whitman、美國作家 Edgar Allan Poe 以及愛爾蘭詩人 Oscar Wilde 的照片。開業三年後，Sylvia 以自己書店的名義出版當時 James Joyce 備受爭議的小說《尤利西斯》（*Ulysses*, 1922）。自此，不單止 James Joyce，很多美國和法國的作家和詩人都會到訪這家

4／法國作家、一九四七年諾貝爾文學獎得主（一八六九－一九五一年）

書店，成爲二〇年代美國文學在歐洲的主要據點。可惜，在一九四一年，由於戰爭，書店被迫關閉了。

現在的「Shakespeare and Company」，由繼承了 Sylvia Beach 精神的英國人 George Whiteman 於一九五一年在塞納河左岸的 Notre-Dame 附近重新開設。至今店內仍然保留著供旅人住宿用的床舖，選書也特別注重提攜新進作家，備受世界各地愛書人士的喜愛。我發現店內有幾處貼有「City Lights Bookstore」的標誌，於是向顧店的金髮女生詢問一下，她解釋說由於兩間書店擁有共同理念，所以結成聯盟了。得知巴黎和三藩市的書店有聯繫，我感到莫名的欣喜。

~~*~*~*

我一直很期待到「Chez L'ami Jean」吃晚飯，因爲聽聞這間法式餐館的食具和檯墊，都印上了活躍於六〇年代的法國諷刺漫畫家 Siné[5] 的插圖。

現在巴黎有很多廚藝精湛的年輕廚師，能烹調出首屆一指的地方菜式，這裡很多歷史悠久的

5／原名 Maurice Sinet（一九二八－二〇一六年）

餐館備受注目。主打「Basque cuisine」（巴斯克菜式）的「Chez L'ami Jean」，是沒有預約就進不了去的人氣餐館呢。位於巴黎第七區，「Les Invalides」（榮譽軍人院）附近的橫街裡。一踏進其中，手腳俐落的侍應立即笑著上前接應，緩和了我初次到訪的緊張心情。

拿起餐牌，可想而知巴斯克人對美食的講究，形形式式的山珍海味非常豐富。面向大西洋，居住在法國和西班牙之間的巴斯克人，其菜式之中有紅、綠、黑、白四種顏色的醬汁。紅色的是紅甜椒醬、綠色的是香芹醬、黑色的是墨魚汁，以及用油和上湯烹調而成的白色醬汁。用這些醬汁拌鱈魚食用，是巴斯克人的傳統料理。

我點了一杯 Cerdon 作爲 Aperitif（餐前酒），Entrée（前菜）是烤小鱿魚配番茄和紅甜椒加白蘆筍配英式醋汁，Main（主菜）選了網燒 Langoustine（挪威海螯蝦）配鹽味牛油汁。點餐後，便安心地享用名爲「Poujauran」的美味麵包。顧客相繼來到，餐館瞬間便座無虛席了。

我問侍應關於店名的由來，以及餐館與 Siné 的關係。原來 Siné 是餐館上一任老闆 Jean 先生的朋友，有一次他畫了一幅身穿廚師服的 Jean 的畫像，並寫上「L'ami Jean」（我的朋友 Jean），於是就成爲了餐廳的店名。至於繼承了店舖的現任老闆 Stefan，是布禮斯人

(Brittany)，現正身處廚房大顯身手。

這一頓晚餐讓我見識到巴斯克菜的精髓，純樸無添加的美味，每一道菜都突顯出食材本身的原味，讓我心滿意足。Dessert（甜品）是 Arroz con leche（米布甸）配櫻桃醬，這是坐在鄰桌的老夫婦給我的推介，非常適合爲這美妙的一頓晚餐作結。走出餐廳，看到巴黎鐵塔的霓虹燈光，像星星般閃耀發亮。

～～*～*

我與昨天才邂逅的她，約定今天一起到 Oberkampf 散步。我有一個朋友在法國語文學校留學，她是我那位朋友的室友，由於朋友未能抽空，所以拜託她給我當導遊。初次見面那天，我跑到位於 Bastille 酒店附近的市集，買了士多啤梨給她作見面禮。

這天，我們去了聖路易島（Île Saint-Louis），一起吃著「Berthillon」[6]的雪糕散步。甫見面，我便急不及待地跟她分享早前到訪過繪本專門店「dehelly et cie」，看到了俄

6／法國著名雪糕品牌

羅斯繪本家Nathalie Parain和Andre Beucler很棒的繪本。同樣也喜歡逛書店的她，也知道那間書店，還笑說她也喜歡Nathalie Parain的作品呢。那天，我們去到她推薦的、位於Rue Saint-Maur的三文治店「Le Buche Double」，買了三文魚三文治，然後在Oberkampf的小徑散步，然後她說有一位朋友在稍爲遠離大街的Cité有一個工作室，於是我們便到那裡逛逛。

她朋友的工作室位於一樓，畫室佔據了全樓層，有幾幅作品掛在牆壁上。樹枝窸窸窣窣的聲音，伴隨春風，從工作室大開的門戶透進來，貫通整個空間。我們來到時她的朋友剛巧不在，其鄰居發現了我們，從窗戶探出頭來跟我們說，他應該很快便會回來。於是，我們坐在用廢木造的長椅上等候，她默默地把頭枕在我的肩膀上。燦爛的陽光照進工作室，樹影灑落在中庭的地板上，描繪出一幅美麗的圖案。

「你有聽說過『Hammam』（土耳其浴）嗎？」她突然問我。

「不，沒聽過。」我答。

「是伊斯蘭的蒸氣浴，就在Oberkampf，回去時要不要去試一下？」她把臉靠近我，說道。

我回答好，她便立即拉著我的手站起來。昨天才認識的我倆，今天就開始手挽手地走著。

台灣

台北的天氣宜人，很適合到處漫遊散步。在古亭廣闊的十字路口，等待交通燈號轉換時，一位束長馬尾的美麗女生，講著普通話跟我搭話，但我聽不懂，於是以簡單的英語回應她。女生不好意思地指了指自己的手腕，原來如此，她是想問時間呢。我沒有戴手表，便從口袋裡拿出手提電話，讓她看看畫面上的時間。女生瞄了一下屏幕，像是讀出了現在的時間，然後不慌不忙地跟我說：「謝謝！」接著也用流利的英語跟我說：「你的手提電話很棒呢。」說罷便走開了。由被搭訕至離去的那好一陣子，我跟她的距離從旁人看來就像戀人般靠近呢，她在街上跟別人談話時都靠這麼近的嗎？那女生的舉止令我心悸不已。不禁對這陌生的街道，產生溫暖的感覺。我默默地模仿著她說的「謝謝」，她的聲音聽來多麼的美妙。

曾一度轉爲綠色的交通燈，又換回紅色。黃色計程車和成群的電單車從排氣口噴出白霧氣體，源源不絕地在我眼前駛過。

這是我第一次到台灣，要一次過完成所有想看想做的事情，是不可能的。從現在的所在地開始步行，走到哪裡就休息到哪裡吧，途中看到有小石子就拾起來放進口袋裡，帶回去作紀念。我很久沒有以這個心情去旅行了，這趟旅程，讓我重拾以往最喜歡的旅行方式。

這次我住在古亭附近的旅館，聽說這裡也稱作「學生街」，我不熟悉這區，打算隨處走走看看，熟習這裡的街道。只是一開始邁步，便接連打起幾個呵欠來。

~~*~*~*

還有一段時間才日落，無所事事，就在古亭的小路散散步。街道兩旁有很多密集的公寓住宅，向上一看，感覺很奇妙，因爲每一扇窗都裝設著看來很嚴密、結實的鐵欄，裝著鐵窗的住宅，看來像個監獄。我問當地人爲甚麼窗戶要裝上鐵欄呢？他們笑著告訴我，是爲了防止盜賊。但現在台北的治安應該沒那麼差勁吧？可能是前人傳承下來的做法。對於台灣人來說，沒有鐵欄的窗戶，就不是窗，但這樣子便不能把手伸出窗外，不會感覺侷促嗎？地震或者火災發生時，不能從窗戶逃生，我不禁替他們感到憂心。

我來到師範大學附近，這裡遺留了日治時代的日式建築住宅，紅磚牆上爬滿青苔，倘若孩子們看見了，一定會說很像鬼屋吧。我窺探宅邸裡面，發現大部分都是空置的，應該不久就會被拆卸，然後興建公寓吧。放眼街上四處都是建築地盤，台北正處於新舊建築交替中，如果能留下這些日式古宅就好了，我以一名遊客的身分逕自想著。

不知從何時開始，我迷路了，分不清左右。看到有路牌寫著「永康街」，繼續向前行，明明不熟悉這地方，走著卻感到親切，這感覺真奇妙！不論遇上誰，我也很想跟對方說一聲：「你好！」今天的我，好像能夠走到任何地方。幽暗的街道中，有一盞紅色的燈籠，有放養的犬隻在街上跑來跑去。

~~*~*

坐在面向行人路的窗邊，朝陽照在桌面上，昨晚走過的永康街，出乎意料地繁榮，我一邊吃著早餐一邊回想，腦海裡浮現著即便是平常的日子仍熱鬧得像舉行祭祀般的光景。在小小的公園裡，正大聲地播放著充滿節奏感的樂曲，聚集了大約二、三十名中年婦女，跳著奇怪的集體舞蹈。周圍的食肆都人山人海，不論老幼，在路邊奔放地鬧著玩，這非一般的熱鬧，門庭若市的背後有甚麼原因？我打算再鑽到永康街去看看。

今天的早餐，我到住宿地點附近一間名爲「每一天健康餐飲」的快餐店，我點了蔬菜貝果，那是把加了千島醬的蔬菜沙律包在生菜裡、夾在蒸得暖烘烘的貝果中來吃，簡單好味。這店的有機蔬菜很新鮮，爽脆可口，咬了一口，齒頰留香，這是我至今吃過無數的三文治中、數一數二的美味。這個貝果只需台幣五十塊，即大約二百円，加上四十塊的咖啡，合共四百円以下，又便宜又好吃，我心滿意足。

說起美食，我想起剛到埗台灣那天，吃過「員林商店」的黑飯糰，烏黑光澤的糯米搓成圓柱狀的飯糰，然後在裡面包裹切成細絲的菜脯、甜肉鬆、油條，黑漆漆的外表不甚討好，但柔軟的黑糯米包著爽脆甜美的餡料來吃，令我一瞬便成爲它的俘虜。

往後的早餐和小食，都繼續再吃令我食指大動的蔬菜貝果和黑飯糰。

~~*~*~*

聽說台北有二十四小時營業的書店，那就是著名的「誠品書店」的敦南店。書店的外觀跟表參道的時裝商場一般時尚，很多具品味、衣著新潮的年輕人不斷湧進店裡。我佇立書店前，被它的氣勢壓到，此刻我猶如第一次踏足大城市的鄉下人。

相對於人口比例，台灣的書籍出版量堪稱世界第一。當你看到這麼奢侈的書店，便不會感到意外。店舖內設置了很多小樓梯和小台階，看上去很立體，到處擺放著沙發，人們可以隨意在這裡打書釘。我猜想這個書店過了零時可能更有趣，果然我發現有更多年輕人來到這裡。打扮新潮、深夜外出的人，目的地竟然是書店？難以想像吧。在書店能夠邂逅不同的人，這是一處休憩場所，也可以說是文化交流中心的理想形態。我終於明白到在《在台灣生活的一百個理由》這本書之中，為甚麼必不可少「誠品書店」，我萬分認同。

看到台灣的書店這麼優秀，我對台灣出版業界的狀況感到好奇，於是向台北的朋友打聽一下，他說現在台灣有很多年輕人投身獨立出版，就是一個人的出版社，由他們編輯、出版的書本都很暢銷。我拜託朋友幫我嘗試聯絡這些年輕人，很幸運地，立即約到了，不拘泥就是台灣人的魅力。

「自轉星球」的黃先生[1]今年三十二歲，兩年間他出版了四本書。「本來出版就是一件自由

1／「自轉星球出版社」於二〇〇四年底由黃俊隆創立

的事，我爲了能夠自由製作書籍，所以一個人做出版。在大出版社，時間、預算和構思都受到限制。」黃先生展露出爽朗的笑容分享說道，今年年初[2]出版的《原來，我的時代現在才開始》獲得了書籍裝幀方面的獎項[3]。

回程的路上，我邊走邊反思，自己心目中的台灣和實際看到的台灣，存在著很大的差異，今天的台灣，很率直、溫暖，充滿大都會的氣息。

~~*~*~*

我發現了一本跟《Arne》很相似的雜誌。這本《mogu 蘑菇手帖》，無論是書度大小、紙張質感、設計風格，都跟大橋步小姐製作的《Arne》似模似樣的。最新一期的主題是「閱讀」，我查看版權頁，發現這本雜誌同樣是獨立製作及發行。若果說雜誌的魅力所在就是展現製作人的個性、說話及思考方式，那麼《Arne》可說是其中的佼佼者。既然如此，存在以它作爲藍本而衍

2、二〇〇六年

3、《原來，我的時代現在才開始——蕭青陽：得人如得魚的唱片人生》作者蕭青陽本身為設計師，他是首位入圍「格林美」最佳唱片封套設計獎」的台灣人。

生出來的雜誌，也不足爲奇。我很想參觀《mogu》的編輯部，我猜這本雜誌的製作人一定都很優秀。我想像中的雜誌編輯部，是一個卽便有外人突然拜訪也不會失禮的地方呢。所以，我說著：「你好！」便直接叩開了那道門囉。

原來《mogu》的製作人是一對從事平面設計的夫婦，一邊經營設計公司，一邊製作雜誌。我的突然到訪，嚇了他們一跳呢，我跟他們說，我是從日本來的，他們聽見了，表示十分歡迎。

「這本雜誌很像《Arne》。」我說。「是的，我們很喜歡這本雜誌，第一次看到時，便從它的設計、編輯手法和專題內容，獲得很大的啟發，這是我們理想中的雜誌，於是我們便下了決心，也要製作這樣的雜誌，但是現在的水平還差得遠呢。」負責編輯的Tom先生不好意思地笑著說。他們拿出之前出版的《mogu》給我看看，雜誌充滿了製作人對日常生活各種事物的個人觀點，配合富有格調的簡約版面設計，聽說在台灣很受歡迎。

我發現當中有專欄的版面，於是我問：「可以投稿嗎？」他們笑說：「當然可以！」我打算一回到酒店就立刻動筆。

每天除了工作以外，如果也能夠做出一些其他的事情來提升自己，這很美好呢！《mogu》

就是這麼的一個存在，從四位成員的燦爛笑顏，便一目了然。

～～*～*

古亭是一條很有趣的街道，走進別具一格的橫巷裡吃早餐（就是那個貝果），然後去到熱鬧的商店街，有小販檔賣鳳梨和西瓜、有三文治店（三角形那種）、有主要售賣米粥和湯羹的早餐店，也有蔬果店等，各式各樣的店鋪開滿街道，一眼看去盡收眼底，偶爾跟當地人對上眼，便互道：「你好！」早上的氣氛一片和睦。

有一間歷史悠久的小型印刷廠，我往裡面看，發現一面牆壁並排著很多古老的活字版，令我瞠目！啊，我找到了！走進裡面，看到一位穿著底衫的老人坐在椅子上。我試著用日語跟他問好，他聽見了也用日語清晰地回話：「午安！」由於以前台灣的官方語言是日語[4]，因此年長一輩很多都懂呢。「請問這裡可以訂製活版名片嗎？」我問。然後老人笑著回答：「名片、做到、沒問題。」看到這裡的活字版跟日文的漢字不一樣，我覺得十分有趣，已經很少見這種古董活版印刷

4／台灣於一八九五至一九四五年間為日治時期

了。我把自己的名字和住址寫在紙上，交給老人。他看了看，點頭說：「明白、明天早上、再來。」然後拿出紙張樣本冊，讓我揀選，選好了紙質，他重複說：「明天、再來。」我付了訂金三百塊台幣，製作一百張名片。我希望突出使用活版製作的凹凸質感，於是跟他說：「壓力、用力、印刷。」老人愣了一下，我指著活版印刷機說：「用力、用力。」老人明白過來了，用拇指和食指作了一個圓圈OK手勢。我看了看老人那張可能是他跟孫兒的合照，他珍而重之地貼在工作案頭上。

~~*~*~*

在古亭站附近蹓躂，看到一間名爲「福州乾拌麵」的麵館，於是走進去，嚐嚐他們的乾拌麵。麵條的分量可以選擇大或者小，由於才剛吃過早餐，所以選了小的，台幣二十五塊（約八十円）。麵的配料只有蔥花，根據店家的指示，加入類似喼汁般的醬料拌著吃，味道跟日式醬汁炒麵很相似，十分美味。我愛上這個味道，自那天起，我多次回到這裡再吃麵。

難得來到台北，應該要去「士林夜市」和「中正紀念堂」，也應該品嚐一下地道小籠包——雖然台北的朋友這樣建議，但我還是每天流連在古亭一帶。

~~*~*

在龍傳街的深處，有一間雅致的二手書店，不過因爲店名用楷書來寫，所以我讀不懂。店裡整齊地排列著英語、日語和中文的美術畫冊。我打算看看有沒有合心意的書本，查看書架，竟讓我發現已找很久的瑞士雕刻家 Alberto Giacometti[5] 的作品集，價格才台幣一百五十元，想不到會在這個地方找到這麼稀有的書籍！我不禁失笑。在書店逛了一會之後便離開。

~~*~*

從和平西路一段走出大街，在古亭站附近的美術用品街散散步。這裡有四間並列一起的篆刻店，櫥窗擺放著形形式式、造工精美的石刻印鑒。我憑直覺走進其中一間，跟留著長鬍子的老店主說想做印鑒，他便讓我先選石材。根據石塊的大小和種類，價錢大約是台幣二十至五百塊之間，若是珍貴石材則作別論。接著是選擇字體，有現成的，也可以特別要求工匠雕出特製字樣。因爲聽說可在另一店買來石塊，再拿到另一家店作篆刻，於是我便到隔壁的兩間店子買石材，再回到

5／瑞士國寶級當代雕塑家、畫家（一九〇一－一九六六年）

長鬍子店主那裡刻字。我訂製了一枚刻有一個字的印鑒，拜託篆刻家呂政宇先生爲我雕刻彌太郎的「彌」字；然後訂製了另一枚刻上「好日彌太郎」五字的印鑒，這個拜託了另一位篆刻家張永興先生來負責。篆刻費用一般是每字台幣三百塊（這價格已經算是高級類別），但由於我訂製的兩個印鑒的石形特殊，所以每個需要台幣二千塊。「彌」字雖是單字，但筆劃很多，需要用大塊的石頭；「好日彌太郎」則需要在較細小的石材上雕刻，頗費工夫。

快將黃昏，肚子餓了，今天我還是來到永康街，然後走進位於麗水街一家台灣家庭式餐館「大來小館」。這是一間由美麗的夫人負責烹調、丈夫負責傳菜的小餐館。我點了「絲瓜蛤仔湯」，眞是鮮甜美味！在家庭式餐館用餐，就像在朋友家中受到款待一般，讓我心情特別放鬆。這時不知從何處傳來了蟲鳴，悅耳動聽。

~~*~*~*

在台北，都集齊了所有我喜歡的東西——有三藩市自由自在的坦率氛圍，有紐約混合著異國文化的街區，有巴黎夜晚時光中的咖啡館。我開始明白到爲甚麼有那麼多人遊歷世界各地後，還是輾轉回到台灣的理由。

夜幕下垂，隨意地從師範大學旁邊一直走在永康街上，忽然下起毛毛細雨。

走到像是黑市銷贓點的街角，那兒並列著好幾家古董店。我在該處稍爲避雨，順便觀察四周。店主們正在路邊圍坐一起喝酒。我看到一張桌子放了一個玻璃盒，裡面裝著一隻小酒杯，上面寫著水藍色的「明治Merry Milk」字樣，猜想是日治時代的舊物吧。我請年輕的男店主拿給我看看那個小酒杯，眞是小巧可愛！這令我記起數天前，曾在名爲「冶堂」的茶藝館，欣賞過店主收藏的日治時代茶具，我也很想擁有這種收藏，於是我沒有議價，直接便付了台幣四千元，把酒杯揣進懷裡去了。

在店舖「e-2000」的大門石柱上寫著「古董和中國茶」，我掀起門簾，店裡裝潢經過精心布置，淸雅的空間把店主的審美觀表露無遺。我在這裡享用著店主廖先生親手沖泡的茶，他說：「請。」廖先生以純熟的技巧沖泡出一杯杯上乘的茶。「這茶是用了陳期二十年的凍頂烏龍沖泡的，全賴前人把茶葉放置了二十年，今天我們才能享用這麼甘美的茶葉。不作任何干預，自然醞釀的茶葉是最優質的。」廖先生對著用炭火燒起的熱水微微細語。不知已喝了多少杯？我沉醉於茶香中，跟聚集在店裡的人談天說地，在這裡流連了兩、三個小時。

台灣那巨大的包容力，一直溫暖著我的心。

＊～＊～＊～＊

這次再訪台灣，是因爲兩個月前我第一次來這裡時，從朋友聽說到一位原住民青年 Suming（阿美語全名爲「Suming Rupi」，而其中文名字是「姜聖民」）的事情。他剛與志同道合的朋友組成以原住民爲主的「圖騰樂隊」，在台灣甚具人氣。我朋友讚揚像 Suming 那樣純樸內斂的年輕人很罕見，如果能夠跟他一起到其故鄉台東旅行，一定很有趣，也是一個認識台灣原住民文化的寶貴機會。

於是我立刻與 Suming 取得聯絡，天隨人願，他二話不說就答應了，表示很樂意作爲嚮導向我們介紹故鄉。於是，這次我便和朋友跟著 Suming 去台東。

＊～＊～＊～＊

「你好，我是阿美族的 Suming。」他給我的感覺天真無邪，完全不像二十七歲。率直地跟來自東京來的我握手，展現他那親切的個性。他身穿T恤、短褲和人字拖，那被太陽曬得古銅色的笑容十分耀眼。我對這趟旅程有很好的預感。

從台北機場乘飛機到台東，大約需時五十分鐘。「現在台東很炎熱呢。」Suming眺望一望無際的藍天喃喃自語。抵達後我們轉乘汽車，駛向台東的中心地帶。我們把車窗全開，南國般的暖風不時撲臉而來。

良久沒有回到故鄉的Suming，臉上難掩欣喜的心情。一邊駕駛，一邊向我們介紹周遭看到的事物。台東的市中心地方雖然不大，但也有快餐店和便利店等，跟台北的街道沒有很大分別。「我們去嚐嚐由漂亮女生製作的刨冰吧。」說著，Suming把車泊在路邊。我看著路上人們拿著像一座小山般的刨冰，嚇了一跳！「不用怕，眨眼間就能吃完一碗。」Suming說。最後，我敗給了這美味絕倫的刨冰，吃個不停，只消一陣子的工夫就吃光光了。這麼大的一碗刨冰，只需台幣五十塊。就這樣，我們的台東之旅正式展開。

～～*～*～*

「很多原住民都擅長打棒球或者成爲了田徑選手，但我兩項都不在行，選擇了唱歌。」

「Suming的姓氏是甚麼？」我問。

「原住民都沒有姓氏的，人們只會問我是誰的兒女。」

「那麼，Suming是怎麼寫的？」

「原住民沒有文字，書寫的時候就用英語拼寫Suming。」

在公元前，台灣島嶼上已經有原住民聚居，在這個小小的島嶼上，至今還有記載的部族有十多個以上，他們全部都擁有不同的文化和語言。相對於現在擁有超過二千三百萬人口的台灣，原住民人口只佔兩個百分比而已。

Suming的歌曲大多是描繪自己從鄉下來到都市的心情，刻劃出絕不氣餒的生存意志。把自己身爲原住民的這件事，以部族的語言堂堂正正地歌唱出來，台灣的年輕人雖然聽不懂歌詞的意思，但也被原住民獨特的民族旋律和部族語言的節奏打動了。我剛開始聽Suming的歌聲時，感覺到一股人類最原始的歡欣從內心深處湧出來。爲甚麼他的歌聲能夠擁有這份力量呢？

我們的汽車沿著海岸線一直前進，緩緩地駛過棕櫚樹原始森林和小小的村莊，是一條沒有交通燈、時而會有流浪犬橫過的恬靜道路。

「在前往祖母家前，我們到她的店子去看看吧。」Suming把我們帶到興建在面向大海斷崖上的一間海邊小屋，這裡擁抱著一望無際的太平洋。「這店的建造材料，是原住民在颱風後撿拾回來的漂流木。」說著，Suming不知從哪裡拿來結他唱起歌來。

「這是你自己的歌嗎？」「這是阿美族的歌。」他答道。Suming的歌聲與陣陣海浪聲融合，隨著海風徐徐送到我耳邊。「來吧，我們一起歌唱，一起舞蹈吧。」他的雙眼閃閃發亮，邀請我與他一同起舞。天空上有一顆特別明亮的星星。我們手牽著手，忘我地載歌載舞。

~~*~*~*

晚飯我們在富岡漁港吃了一頓令人回味無窮的鮮魚菜式。今晚我們會住在Suming祖父母的家，從台東市中心駕車約一小時。在杳無街燈、漆黑一片的山道上前行，不久便看到一間亮了燈的民居，我們到達的時候剛過了晚上十一時。下車走進屋裡，見到Suming的祖母還沒有進睡，一直在等著我們。

「歡迎你們，請不要拘謹。」祖母展露著無憂無慮的笑容，用日語跟我們說話。日治時代台灣的原住民也曾學習日語，而且當時日語是官方語言。原本語言不通無法交流的原住民，自此便促成了部族間的交流。現在年約七十歲以上的原住民，基本上都能操一口流利日語，令我很驚訝。

祖母在廚房為明日的早餐作準備。廚房堆積了很多阿美族傳統工藝織造的籠子、蒸糯米用的器具等。「你們應該很累了吧，請早點休息。」她帶我們到房間，牆上貼有耶穌和瑪利亞的肖像，現在很多阿美族人都信奉基督教。我躺在床上，聽著電風扇傳出的摩打聲，一閉上眼，意識便立即飄遠，很快就睡下了。我隱約聽到從廚房傳來，祖母洗滌蔬菜的聲音，這是一趟安泰的旅行。

~~*~*~*

翌日早上六點起來，田間的空氣涼快舒爽。Suming 的五歲姨甥來到我的房間，告訴我早餐已經準備好了。

「早晨。」除了 Suming，座上的所有人都會說日語。

我們坐在屋外的圓桌前用餐。本來平日每天早飯前，他們都會到田間採摘野菜，然而這個夏季天氣惡劣，氣溫炎熱，降雨量很少，蔬菜幾乎都枯萎了。即便如此，早餐依然豐盛，有糙米飯糰、竹筍、包心菜湯、燉肉、煮魚、燒魚、四季豆、小青辣椒等，都是這裡的本土菜。他們教我進食從海裡捕獲那小海螺的方法，就是把海螺放到唇邊，把貝殼裡的螺肉吸吮出來。祖父負責飯前領禱，座上的人都合上眼睛，然後一聲「阿門」，祈禱完畢，大家幾乎同時咬下飯糰，祖父和祖母用久違了的日語跟我們聊天。

~~*~*

祖母的家是位於山麓的白色小屋，附近沒有其他民居，四處張望，映入眼簾的只有森林和田地。

Suming 提議一起到祖母家的後山散步。祖母提點說今天天氣炎熱，於是給我們每人發一支冰條。

「我想帶你們看一個地方。」Suming 邊行邊說。我們一起走在夏日碧草如茵的山道上，然後 Suming 偏離山道，爬上陡峭的草坪，雖然只穿著人字拖，但他依然步履輕盈，在險峻的草叢間穩步前行。萬一被拋離太遠，就不能跟著他走過的路線，所以我拚命從後追上。「祖母比我行得更快呢！」看著我四肢並用爬著前行的姿態，Suming 笑著說。

生長在山腰的樹是祖父一個人砍伐的，他們說只要把那裡的樹木伐去，野生猿猴就不會來到民居和田間搗亂。遠處有一隻流浪犬，正向著跟我們一起爬山的 Suming 姨甥吼叫，小孩看見了，也對著牠汪汪的叫了起來。

「我的姨甥生活在這個偏遠的地方，沒有朋友，唯一的朋友就是犬隻。」Suming 揉揉小孩的頭頂，說他還能夠跟小狗說話呢。

我們到了一個小小的瞭望台，樹蔭之間吹過陣陣涼風。Suming 拾了一棵枯木作椅子：「這裡的景色很美吧。」在這裡能夠俯視整個村莊，還能看到祖母的家，再眺望更遠，可看到寶藍色的海洋。「咦，那裡有座教堂。」我說。「祖母常常去那座教堂，小時候我也一起去，我就是在那裡學彈鋼琴，喜歡上音樂。」Suming 拿著冰條吃，目不轉睛地眺望著眼前景色。「你真的很喜歡這個地方呢。」Suming 聽見我這麼說，靦腆地點頭笑了。

＊～＊～＊～＊～＊

午覺睡醒，看到 Suming 在編織藤籠。藤籠和刺繡等都是阿美族的傳統工藝品。像他那樣對原住民傳統工藝感興趣而繼承這個技藝的年輕人已不多了。「很久沒編織，造得不太好……」話雖如此，Suming 還是巧手地編織了杯子大小、紋絡整齊的藤籠。「如果你不介意的話，請收下這個留念吧。」說著他把小籠子遞給我。我向他道謝，然後他害羞地說祖父編得比他好呢。

吃過祖母給我們蒸煮的南瓜作點心，Suming 拿起結他唱歌，他打從心底裡喜歡唱歌。祖父和祖母正坐在屋外的椅子上遙望山脈。隨著 Suming 的音樂搖擺身體，頓時覺得一片歲月靜好，不知不覺間我又睡著了。

到了日落時分，是時候與祖母道別，今晚我們將會住在 Suming 中學老師的家中。我握著祖母的手，跟她道謝，祖母已經把我們當成自己的兒子了，說著眼泛淚光。

車子啟動，我們揮手說再見。

~~*~*~*

Suming 老師的家在名爲「都蘭」的村莊，這天老師不在家，所以借出他的房子讓我們住下。

Suming跟我們說，這附近有一間好店，便把我們帶到山中的「月光咖啡」。這間畫廊咖啡店，由謝先生和他本南族的妻子一同經營。我在那裡買了一條由謝先生親手編織的本南族傳統花紋腰帶。他說那是他首次編織的作品，手工不夠好，但我十分喜歡那藍色夜空般美麗的漸變色調。

那天晚上，Suming特意安排了酒席，招呼了一些阿美族青年前來。他們告訴我阿美族的習俗是由後輩負責輪流倒酒給長輩喝。我們手牽手一邊跳阿美族的民族舞，一邊唱歌，很是愉快。

宴會快完結時，一位長輩突然引吭高歌，大家靜下傾聽，有人低頭合上眼睛。這位被太陽曬得古銅色皮膚、個性豪邁的長輩，擁有一把細膩悅耳的聲線，他的歌聲猶如訴說著一個故事，延綿不斷的。

「這種歌曲，我從沒聽過。」回程時，我向Suming訴說歌曲帶給我的感動。

~~*~*~*

「我們去排灣族的村落看看吧。」於是我們駕車從台東的市中心向南行，來到數公里外位於新園路的村莊。「圖騰樂團」的成員查瑪克和阿新，爲了籌備排灣族的收穫祭，剛好回到故鄉。「過了橋就到達只有排灣族人才能居住的地區，看，就是這道橋了。」Suming 指著一條用水泥建造、簡陋的引水道橋。「用一道橋作爲界線可能會覺得很奇怪，但就是這樣子啊。」Suming 笑說。

當車子停在一戶獨立屋前，查瑪克立刻跑出來迎接我們。「Nga'ay ho？」我試著用原住民語言跟他問好，他聽到便笑起來了。新園路由一些小路和小巷組成，面積約四個街區大小的小村莊。那裡的房子屋頂都鋪上了日式風格的瓦片。差不多每一個十字路口都有一棵大樹，居民就在樹下聚集和休憩。

我沿著聲浪巨大的 hip hop 音樂去到一個籃球場，那裡有很多排灣族年輕人用竹枝搭建了小屋，爲了準備收穫祭而汗流浹背。Suming 找來樂團結他手阿新，爲我們作介紹，然後叫阿新帶我們參觀村莊。阿新笑著說：「這個村莊甚麼也沒有，走兩步就完了。」這個村落裡有很多年輕人和小朋友，瀰漫著開朗活潑的氣氛。我感受到原住民之間深厚的牽絆，他們連結在一起，與傳統文化共存。

查瑪克帶我們參觀了一處特別的地方，就是入口處裝飾著傳統木雕、屋頂鋪著稻草的聚會所。

「祖母最近開了一間刨冰店，要不要試試看？」阿新帶我們來到這間由車庫改建而成的小吃攤。在炎夏的台東想歇一歇，一定首選刨冰。於是我跟村莊裡的小朋友坐在一起，吃著可能是我吃過最好味的刨冰（聽說不同部族的刨冰調味會有所不同）。在蔭涼處吃刨冰休憩，特別精神爽利。我把融化了的刨冰一飲而盡，欣賞著這趟旅程最後一幅台東的夕陽美景。

~~*~*

我深深體會了到台灣的咖啡店文化。在台北街頭遊走，到處可見咖啡店，每一間從早到晚都座無虛席。我記得台灣的朋友曾跟我提起，台灣人很喜歡咖啡店，無論何時何地，都喜歡到那裡閒坐，我十分認同。台灣的天氣炎熱，沒有像巴黎那樣的露天咖啡館，但咖啡店與生活融合的這一點，台灣與巴黎無異。那麼，這裡應該也有像巴黎的「Les Deux Magots」，或者「Café de Flore」般著名、歷史悠久的咖啡館吧？

那便是位於台北車站南面、武昌街的「明星咖啡館」，於一九四九年創業，可說是台灣最具歷史的咖啡店。由當時隨著國民黨政府來到台灣的俄羅斯人開設，台灣的文學家、詩人和學者等，都喜歡到這裡來。這個歷史背景，與三藩市的「Caffe Trieste」有異曲同工之妙。店內的裝潢跟日本昭和年代[6]的咖啡店相近，感覺復古，樸實而舒適。對於現今喜歡純樸風格的日本人來說，這裡是舒緩旅遊疲累的好地方。

～～*～*～*

我去了「南天書局」。Suming曾經帶我到台東大學的原住民研究中心，在那裡我看過一本《台灣蕃族圖譜》，那是在明治時代[7]，由日本人拍攝的台灣原住民攝影集，製作相當優秀，帶給我莫大的感動，無論如何都想擁有一本，於是記住了出版社的名字，那就是「南天書局」。我拜託朋友查看出版社在台北的地址。

「南天書局」是專門出版台灣研究書籍的小型出版社。我立即向職員查詢《台灣蕃族圖譜》，得悉已經絕版了，但慶幸還剩下一本庫存，讓我十分欣喜！在書架上也發現了用日語撰寫的珍貴書籍《排灣族傳說集》和《Lifok日記》（Lifok的中文寫法是「黃貴潮」，是阿美族的基督教傳教士）。另外，還有多本過往期數的《漢聲雜誌》，這是我正在收集的著名中國文化藝術叢書，

6／一九二六－一九八九年
7／一八六八－一九一二年

令我雀躍萬分。

雙手抱著滿滿的收穫，非常滿足，我立刻想到就近的咖啡店，打開剛買下的書本，慢慢細讀。這份心情跟我在巴黎、紐約、三藩市和東京的時候一樣，想不到在台灣也能夠享受到這份樂趣。

～～*～*～*

每到一個地方旅遊，我都會第一時間找尋感覺舒適的咖啡店。能夠讓我從早到晚、無所事事、獨自享受美好時光的咖啡店。倘若能在住宿的酒店附近找到這麼一個地方，更倍感幸福。我必定每日早、午、晚都來光顧，然後與那裡的店員熟絡起來，請教他們當地各種情報資訊，談天說地，從中經歷種種邂逅與離別。儘管對象是店員也好，在旅行途中吃到美食時能夠與人分享，有每日能夠互道早晨、午安和晚安的對象，都讓我感到每天過得特別幸福快樂。

我在台灣也在尋覓這樣的咖啡店，可惜不容易找到。某日我問台灣的朋友有沒有推薦呢？於是朋友帶我到他妻子上班的咖啡店去，那就是「VVG BISTRO」（好樣廚房）。一聽見這個名字，直覺便告訴我，這就是我一直尋找的地方了。

「VVG BISTRO」隱藏於忠孝東路的小巷裡，一般人不容易發現這間店子，也許以為那地方是一棟住宅。經過種滿植物的小庭園，走上樓梯，打開大門，進到店裡，就會看到對著一面落地窗的廚房。店內到處擺放著設計不一、林林總總的椅子和沙發，坐下來心情自然放鬆。店裡員工親切的笑容、室內寬闊的空間感，還有適中的自然採光，營造出一個愜意舒適的環境。如果更早一點知道這裡就好了，這是我進到店裡的第一句說話。

「VVG BISTRO」是讓人們與好友會面和聚餐的好地方。來台北旅行，請務必到訪這裡，享受芳香濃郁的咖啡、品嚐可口美味的菜式，也跟親切友善的店員聊聊天吧。每日早、午、晚也好，來到這裡定會令旅程更感幸福，這是我給你的推薦喔！

中目黑

單憑描述大自然周遭風景的特徵，能否說明我現時身處何方？最近接觸到的「生物區域主義」（Bioregionalism）及「場所感」（Sense of Place）的概念，令我對自身的所在作出反思，也更切身一點問：「我是誰？」透過認知自己身處何方，能夠有助找到答案，這就是我想再次踏足中目黑的原因。

~~*~*~*

六千年前，中目黑曾經是一片汪洋，當時海岸線深入大橋一帶，是東京灣的入口。「原來這裡以前是海。」我尋思著。來到目黑東山第一郵局旁邊，在歷史悠久的定食餐廳「鳥ふじ」（鳥藤）吃午餐，點了六百円的味噌煮鯖魚定食。正值午飯時段，這狹小的餐廳座無虛席。「打擾了」、「歡迎光臨」的聲音此起彼落，顧客都與陌生人共桌，品嚐著美味的家庭菜式。

飽餐一頓後，鼓腹而遊，抬頭望著秋高氣爽的晴天，從山手通向大橋方向踱步。

清風吹拂，由目黑橋沿河邊的散步道走去，這一段的目黑川，河床有幾級台階，河水瀝瀝流過。從冰川橋向東山方向走，東山貝塚公園就在山丘下面。這個公園曾經發掘出繩文時代[1]人類聚居生活的村莊、貝丘和穴居等遺址，還出土了很多鯨魚和海豚的骸骨。公園裡設有跟實物一樣大小的穴居模型，展示著當時一家三口的生活狀況。我坐在長椅上，出神地看著茂密的樹木，感嘆著這個住宅區中，唯一遺留下來的自然風景。有一隻漂亮的鶺鴒輕輕滑到我腳邊，吱吱叫著。我跟牠說沒有食物可以分享給你喔，牠「吱」一聲回應，然後飛走了。太陽照耀在地面的小石頭上，猶如海邊的貝殼般雪白無瑕。

~~*~*~*

我在中目黑銀座附近漫無目的地探索，不經意掀起「杉野書店」的門簾，那裡的店主一看到我就這麼說：「能幫忙找來一些稍爲深奧的學術書籍或者色情書嗎？一般類型的書籍 Book Off[2] 也有賣，在我店裡不暢銷呢。」原來，他把小說之類的書稱爲一般書籍。「就是男人都會喜歡色

1／日本舊石器時代末期至新石器時代
2／日本最大的二手書連鎖店

情書嘛，我會出高價，你幫我找來吧。」呆頭呆腦的店主不厭其煩地說著。我從店主頭頂的書架上，拿下了《Béla Bartok - The American Years》(Agatha Fassett, 1970)，瞄了一眼價錢，價值九百円，便跟店主要了這本書。即便是這種八成存貨都是色情書的二手書店，間中也會遇到這種好書，有半年到訪一次的價值。

中目黑車站的南邊，作為再開發地域的先驅而興建的中目黑 GT Plaza，從這裡開始就是中目黑銀座區域。昭和初期的中目黑，與惠比壽相鄰，是一處既恬靜也繁榮的小社區。又因為靠近涉谷，有很多非法巢穴聚集而聞名。日本最初的拳擊館，就開設在下目黑，而中目黑亦很快出現了「大和拳鬥俱樂部」。這些拳擊館成為了當時不良少年的據點。

我一邊吃著一番街「喜風堂」的「荀最中」[3]，一邊隨意逛著二手家品店和煎餅屋的櫥窗，無意中看到了電線桿上貼著中目黑「落語大會」[4]的宣傳單張，令我想起這條商店街至今還有鋪著榻榻米、保存著昔日風貌的「寄席」[5]。我興致勃勃的查看細節，可惜那個「寄席」已關閉了，

3／和菓子的一種，「喜風堂」著名產品之一。
4／起源於江戶時期的傳統表演藝術，由一個人分飾多個角色，在台上說笑話或者故事的表演。
5／表演「落語」的傳統曲藝場

現在搬到了中目黑 GT Plaza 的場館裡。

中目黑銀座曾經被稱爲「塗鴉藝術」的聖地，記得在二番街酒吧舉行的詩歌朗誦會中，聽見一位女子唸過：「從中目黑商店街看到五色的夕陽。」剛巧就在回程的路上，經過波子機舖和居酒屋，霓虹燈正映照著嘈雜的車站前，我巧經 Sofia Coppola[6] 拍攝電影《迷失東京》（*Lost In Translation*, 2003）的外景場地，那天的夕陽金光璀璨。

～～*～*

「淺海牧場的牛奶很香甜，十分美味！」坐在目黑川旁的長椅上歇足的老人，突然跟我搭話。聽說那個牧場當年就位於現在的政府綜合大樓附近。那片地曾興建千代田生命保險大廈，在此之前是攀滿常春藤的美國學校校舍，而更早之前是一片遼闊高地，草原上放牧著牛隻，是個恬靜悠閒的牧場。「在目黑川有水車小屋，我常常到那裡洗滌東西，也經常看到有人在那裡替牛隻洗澡。淺海牧場還會爲住戶提供牛奶配送服務。」老人遙望著遠方，喃喃自語。

6／美國編劇、導演、監製

＊～＊～＊～＊

從中目黑車站出來，橫過山手路，來到水流朝向東南面的目黑川。昔日河流的兩岸是一片稻田，現在已經面目全非。直至昭和三十年代爲止，這裡澄淨的河水都用作進行「友禪染」[7]的最後清洗工序。

在中目黑極具象徵意義的目黑川，其魅力所在，就如音樂人 Ben Harper 到訪日本時說過：「這裡有一片天！」——在樹木之間伸延的那片一望無際的天空。

現今的目黑川一帶，有很多創作者聚居，稱爲「Culture Village」。鄰近涉谷，位於高級住宅區代官山附近，而相對上租金較廉宜，所以吸引很多年輕創作者移居到這裡。他們具備創意、崇尚自由，在這裡開設咖啡店、小舖頭和工作室，形成新的社區。與金錢和商業無關，而是緣起於每一個人的創造與行動力，營造出中目黑獨有的、自發的空間面貌。

到了四月，河畔的櫻花樹一同盛放的景觀，恍如置身秘境；雪白的櫻花花瓣鋪滿河面時，又像天上的河川般美麗。

7／日本最具代表性的染布技術之一

＊～＊～＊～＊

我想再分享一些關於目黑川的事情。從現在回溯十年前，由車站開始數過去的第六度橋，綠橋的前面，「A.P.C. SURPLUS」就在這個偏遠的地方開業。當時車站附近的目黑川周邊，只有古董玩具精品店「Super Freaks」和一些二手服裝店，愈走向大橋方向便愈偏僻，人流主要集中在中目黑至槍崎十字路口這一段路上。

「A.P.C.」是一個奇特的品牌，剛建立時，經常與時裝業界的物質主義反其道而行，創造出新的價值觀，追求新的經營模式，是擁有革命性思想的法國品牌。品牌名稱「A.P.C.」（Atelier de Production et de Creation）由其法文「工房、生產和創造」的第一個字母組成，忠實地呈現出品牌的價值觀。這個品牌在中目黑開店，爲這個地區帶來了顚覆性的改變。當時，很多時裝品牌都在裝潢上大耍金錢，而「A.P.C.」的店面卻簡樸無華，只在店門的玻璃上用油漆寫上名字而已，這種簡約風格令很多人刮目相看，獲得不少讚賞。過了不久，河流的斜對面開設了售賣男士服裝和鞋履的「General Research」。自此，中目黑便成爲了率領時尚潮流的熱門地帶。

在那四年後，前身是古董傢俱舖的「Organic Café」開業，爲這個地區再帶來一番新面貌，在日本捲起一波咖啡店熱潮。中目黑被分類爲東京的時尚街區，媒體開始出現了「中目黑系」這個新詞彙，用以形容該地區的人和事。即便如此，中目黑依然我行我素、腳踏實地，這一點從沒改變。這地方容納了各種各樣的獨立個體，他們互相尊重，在這個東京村落工作和居住。你不時會看到河邊兩岸有人互相揮手打招呼的情景。一路上走著，就會邂逅到更多不同的人與事，這就是中目黑。

~~*~*~*

我聽說在中目黑有泉水，於是便前往尋找。湧泉的地方，是中目黑的「八幡神社」。從車站經過中目黑銀座，沿著迂迴曲折的小路，穿過駒澤路，神社就在對面馬路，中目黑小學的後面。走過這一段路，讓我認識到中目黑的地形幾乎都是由高地和低谷組成的，斜坡很多，一旦在這裡迷路了，上斜下斜走著，眞讓人喘不過氣來！能夠走到「八幡神社」，絕不是輕而易舉的一件事。

「八幡神社」內非常寧靜，有一棵茂密巨大的古木，是從前中目黑村的守護神。當時江戶幕府希望與當地農民融和及加深團結，便建立了他們信奉的源氏守護神，建成年份不明。現在每逢秋季，這裡演奏的「十二座神樂」[8]，相當有名。

泉水位於前往參拜通道的梯級旁邊，有一個用岩石堆起的小水池，旁邊有石碑刻著「神泉」字樣。合掌拍一下手，然後用長柄勺舀水，泉水清甜純淨。我問宮司[9]這個泉水的來源，他說是由地下二十五米深的地底抽上來的，經口耳相傳，有人甚至自遠方慕名求水而來。泉水可以安心直接飲用，也可以煮沸沖茶。

中目黑有很多歷史性地標。離開「八幡神社」，沿著駒澤路，向代官山方向走去，在槍崎十字路口轉左，就在二手服裝店「DEPT」旁邊的橫街中，有一座「目黑元富士」遺蹟，這是江戶時代[10]由民間信仰團體「富士講」[11]所建造的，是一座約十二米高的迷你富士山。信徒來到這個富士塚，從小山的頂端，遙望眞實的富士山參拜。這個富士塚設有九條登山路，呼應著眞正的富士山那「一合目」至「九合目」[12]。這天的漫步探索，我對中目黑的認識和了解又加深了，眞是趣味無窮的一日！

8／以日本古代神話為基礎的莊嚴舞曲，一座等如一曲，十二座即十二曲。
9／神社裡地位最高的神官
10／一六〇三－一八六七年
11／信奉富士山神的結社
12／登上日本富士山的路程分為「一合目」至「十合目」，山腳處為「一合目」，山頂是「十合目」。

＊～＊～＊～＊

於某個萬里無雲的下午，我坐在「COW BOOKS」前的長椅上，傾聽著目黑川的潺潺流水，陽光穿透樹椏灑落身上，即便是冬天，依然暖洋洋。此刻我心境平靜，甚麼也不想做，就這樣度過平靜的一天。河面有大大小小的鴨子在暢泳，店前剛好有幾位認識的朋友經過，便一一跟他們打招呼。

坐久了，我到數米外的和菓子店兼茶屋「東屋」走走。根據不同的季節，這裡會推出不同的精美菓子，色彩繽紛，看得令人賞心悅目。然後，又往河邊散步，來到畫具店「雅光堂」，進去買彩色鉛筆。之後我再一次沉醉於樹蔭流光中，帶住這份奇妙的感覺，向著「菅刈公園」走去。

青葉台二丁目一帶，從以前起就建有很多房屋。江戶時代，這裡的大名庭園裡有瀑布和水池。到了明治時期，西鄉隆盛[13]的弟弟西鄉從道買入了這片土地，建造了西洋館、和風館和庭園，造工美輪美奐，被譽爲「東京都第一名園」，現在成爲了「菅刈公園」，開放給公眾。遺留下來的和風館，展示著西鄉家相關的書畫，茶室可出租，我一直想進去看看。公園中央有一片遼闊的草

13／日本江戶時代末期的薩摩藩武士、軍人、政治家（一八二八－一八七七年）

坪，種植了目黑區最高大的銀杏樹。春天時，到處盛放梅花和沈丁花。由於這個住宅區稍爲偏離中目黑車站，人煙不多，坐在草坪上欣賞這片祥和的景色，待著一整天也不會厭倦。

不知不覺，日漸西沉，公園更寂靜了。在往回「COW BOOKS」的路上，經過沖繩餐廳「Pacific 47」，現場樂隊正演奏夏威夷風格的樂曲，好不熱鬧。我順道在「福砂屋」買了長崎蛋糕再回去。

最糟也最棒的書店

最低で最高の本屋

作　　者 —— 松浦彌太郎 Yataro Matsuura
譯　　者 —— A.P.
翻譯校對 —— 柏菲思
編　　輯 —— 阿丁 Ding
設　　計 —— 阿丁 Ding
封面插圖 —— April Yip

出　　版 —— 格子盒作室 gezi workstation
郵寄地址：香港中環皇后大道 70 號卡佛大廈 1104 室
網上書店：gezistore.ecwid.com
臉書： www.facebook.com/gezibooks
電郵： gezi.workstation@gmail.com

發　　行 —— 一代匯集
聯絡地址：九龍旺角塘尾道 64 號龍駒企業大廈 10B&D 室
電話：2783-8102
傳真：2396-0050

承　　印 —— 美雅印刷製本有限公司

出版日期 —— 2021 年 11 月（初版）

I S B N —— 978-988-75725-1-0

版權所有 · 翻印必究
Published & Printed in Hong Kong

SAITEI DE SAIKO NO HONYA by Yataro Matsuura
Copyright © Yataro Matsuura
All rights reserved.
Published in Japan in 2009 by SHUEISHA Inc., Tokyo.
Chinese (in complex charater only) edition in Hong Kong and Macau
published by arrangement with SHUEISHA Inc., Tokyo
through THE SAKAI AGENCY, INC. and BARDON-CHINESE MEDIA AGENCY.